ボディ・メモワール

痛みを通して伝わった不思議な命の共振

熊谷幸子

Body・Mémoire

Sachiko Kumagai

青娥書房

ボディ・メモワール

——痛みを通して伝わった不思議な命の共振——

もくじ

わたしは裸で母の胎を出た。また裸でかしこに帰ろう。
（「ヨブ記」第一章二一節）

産道は生きるか死ぬかの戦場だった

病苦の記憶を辿る前に

五歳になるかならない頃から、私は『家庭医学事典』の人体図に夢中であった。まだ小さな自分の体の中にもこれと同じものが押し込まれている、ということが何とも不思議でならず、眺めても眺めても飽きることはなかった。

夢中にさせたもう一つの決定打、それは私の誕生物語にある。

「産道は母さんと赤ちゃんにとって、生きるか死ぬかの戦場だったの」

その時、母は何を思ったのか、わざわざ硯箱を持ち出してきて、半紙いっぱいに「産道」という字を書き、また「生きる」「死ぬ」も書き加え、「大事にするのよ」と言って手渡してくれた。

このように漢字を覚えさせるのは父の方針であったが、産道が小川や青空とは違う特別の意味をもった言葉であることは、何となく理解できた。

「産道って歩けるの?」

「いいえ、誰も歩けやしない。ただ、赤ちゃんだけが通れるの。人体図で調べてごらん」

のちに半紙の字と照合しながら、人体図に同じ二文字がないかと探したが見つからなかったし、漢和辞典を使えるようになってからも、産道は見当たらなかった。好奇心も想像力も旺盛な五歳で、私は赤ちゃんだけが通れる産道の秘密を知り、女性だけが負う、産みの苦しみを思い描くような少女に成長していった。

五歳年上の姉と私の間に、「潔」と名付けられた男の子がいたが、ひ弱な未熟児で生まれてきた彼は、生後二週間足らずで人生を終えた。母を喪失の悲しみから救ったのは、私を身ごもったことによる再びの母性であった。今度こそ、元気で強い子が授かりますように、と秋田で町医者をしていた自分の父にも助言を求め、胎児にいいと言われている食材を取り寄せては、摂取に励んでいたらしい。

祖父は助言だけではまだ不安だったのか、臨月に入ると秋田からお産の経験豊かな働き者の看護師さんを一人送り込んできた。

戦前の昭和七年である。海なし県の岐阜から更に二つの川を越えた大垣という小都市で、毎日新鮮な魚介類を口にすることは、それほど容易なことではなかったはず。ともあれ、よほど居心地がよかったのか、十月十日を優に過ぎて、ようやく母に陣痛が始まった。

しかし、丸一昼夜かかった難産の苦しみを母に強いたのは、四キログラムという増えすぎた私の体重であった。仮死状態で出てきた赤紫色の体を、両足を持って逆さに吊るし、背中をとんと叩いた時（お産婆さんか、ベテランの看護師さんのどちらかは不明）、私は初めて「ギャオー」という異様な声をあげてこの世に誕生した。母は思わず、「サッちゃん、ありがとう」と言って泣いたそうである。

「名前はもう、決まっていたの」
「自然に出てきたの。名前通りに幸せになるのよ」

これで難産の物語が幕を閉じたわけではない。元気で強い子をの念願通り、癇《かん》の虫まで恐ろしく強かった証拠に、すでに真っ黒で硬い髪が三センチほど、怒髪天を衝くごとく伸びて、脳天を覆い隠していた。その勢いで母の乳房を食い千切らんばかりに吸い尽くすので、母の皮膚はたちまち破れ、乳腺炎を起こし発熱。市立病院に完治するまで入院せざるを得なくなった。

幸いというべきか、秋田から来ていた看護師さんが、年内居残って私の世話をすることになり、母乳を飲ませてくれる代理乳母も見つかり、日常はぶじ流れていったが、このことは生涯にわたって、私が痛みと向き合わねばならない予兆でもあった。

小学校に入学する頃から、私はこうまでしなければ、自分がこの世に誕生しなかったかを真剣に考え、思い悩むようになった。その年、余りにも生々しく絶望的な死の実態を目の当たりにしたことが、更に私を追い込んだ。

母を巻き込んだとはいえ、私の誕生には、死が同じ一つの体の中で、生を見守り、支え、助けてくれたという不思議な確証にも似た感情が働いていた。死は絶えず生と繋がり、生もまた死と繋がりながら人間は生きていける。その安心感がいっそう命へのいとおしさを育んでいくように思われた。

けれど、私が見たその死は、少しも生と結びつかない、突然断ち切られ、捨てられた死であった。その犠牲となったのは、私が愛して止まなかった、初めてのボーイフレンドである。まだ四歳でター君と呼ばれていた。遊ぶといっても、本を読むとか物まねごっことか、オハジキ、カクレンボくらい。それでも余程、私のことを好いてくれたのか、握った手を離さずわが家まで付いてきて、晩ごはんを食べていくこともしばしばあった。

ある日、珍しく気位の高いター君の母親が裏口から訪ねてきた。

「お母さんとサッちゃんに早く知らせたくて」と、かなり興奮気味である。

「一人でター君は寝ています。わが子もついに知恵熱に冒されました」

それはいかにも、知恵遅れの息子も、人並みになったと言わんばかりの期待に溢れた口調であった。母は一瞬、言いよどみ、すぐに、

「それはすばらしいニュースじゃないですか」と言った。

「少し遅めにやってきただけで、じきに追いつきますよ」

「そうでしょうか」

「そうですとも。今まで通り、みんなで見守っていきましょうよ」

母は知恵熱が乳歯の生える頃に、突然出てくる熱であることを十分知っていたはずだ。けれど、ター君の母親のあの嬉しそうな顔を見て、ああ言うより他なかったのだろう。赤らめた顔を押さえ、礼を言って帰っていったが、事件が起きたのは、それから間もない台風シーズンのさ中である。

大垣には大小様々な川が流れていた。水面のきらめき、波のリズム、水の匂いなどが独特の詩情を醸し出していたけれど、ひとたび台風が豪雨を伴って襲ってくると、さして大きくない川までが、想像もつかない烈しさで、濁りながら、呻《うめ》きながら流れていくのだった。

若く美しい母親は、そんな夜半、四歳の息子を背中にくくり付け、着物の袂《たもと》に石を入れて、激流に身を投げたのである。

誰が断末魔の叫び声を聞いたのか。慰めを拒み、赦しを求めず、幼い命まで道連れにして、本当は何を伝えたかったの。

「覚悟の上の入水自殺」のニュースが流れた時、真っ先に浮かんだのは、ター君ではなくその母の、知恵熱を語った誇らしげに紅潮した顔であった。私は父の書斎にかけ込み、一人で声をあげて泣いた。

この事件から一年後に、私の家族は二つの川を越え、岐阜市内の高台に居を移した。なぜ、誰一人あの親子を助けることができなかったの。時間や新しい風景や友人が、痛みを癒してくれることはなかった。それどころか、傷の深部が事あるごとに、潜《くぐ》り抜けねばならぬ関門のように近づいてくることに、私はわけも分からず耐えていた。それはもっと様々な痛みと付き合って生きていくために備えられた〝予習時間〟に他ならなかった。

産道を潜り抜ける苦痛から始まり、その後、私は八十六年の歳月を今も生きている。命について考える時、時間はいつもついて回る。果たして、予習時間と痛みが、どう関わり合ってきたのか。果たして痛みを感じる心は、否、痛みとは、命からの根源的な贈り物なのだろうか。

身体的な痛みは、言うに及ばず、記憶の、家族の、歴史の、魂の、未来の、痛みを炙《あぶ》り出し、書き止めておきたかった。人を真に優しく、強くするものは、痛みを通してしか伝わらぬ不思議な命の共振ではないか、と、問いかけながら。

二分された私

どちらが本物の自分？

いきなり話は、昭和十三年から平成の二十七年に飛ぶ。即ち、二〇一五年六月十三日午前十一時半前後、私は確かに死んだ。もしそれが不適切な表現であるとしたら、私の左脳運動野のニューロンは死滅したと言い換えてもよい。どのような言葉で言い表そうと、あの体験以来、私は自分自身のコピーを俯瞰して眺めている、という奇妙な感覚から逃れることができないでいる。

完全に意識を失って眠っていた時間は、一瞬の死であった。死が介在したため、私は二分された。どちらが本物の自分なのか未だよく分からない、というそのこと自体が、脳障害の証左であるかのような不安をその後も引きずって生きている。

ちょうどその日は安息日で、礼拝堂の壇上で私は祈りを捧げる奉仕に与っていた。原宿にあるプロテスタント系の教会で、これでも私は信者である。起床から祈りのその時間まで、ふらつきや立ちくらみ、視界の歪み、失語もなかった。そう、何もかもが平常通り進行していた。

そうして祈りを終え、椅子に戻って間もなく、私は自分の体が真ん中から左右二つに分かれ、捩《ねじ》れながら傾いていくのが、更にこの不気味な恐怖に追い討ちをかけるように、両眼が天井に張り付いて動かないことに気づいた。

「おかしい、誰か誰か来て助けて、助けて」

声にならない声は、傾いていく上半身と共に、かなりの打撲音を伴って、頭もろとも床に叩きつけられたらしい。らしい、というのは、私の意識は「助けて、傾いていく」までで、その時の激痛も音も何一つ感知していない。すべては後で、教会の方々から聞いて初めて知ったのだった。

ただし、ほんの数秒ではあるが、教会用の担架から救急車に移される寸前、私はぱっちり目を開き、繁茂する木々の緑と、真っ青な空の色を記憶に留めた。一体どんな刺激が目を開かせたのか。風か、光か、色か、香りか。直後にあらゆるものが、カオスの世界に飲み込まれ、消え失せてしまった。

もしこの状態が、すんなり死に直結したとしたら、死は何と無責任で痛快な生の終焉を約束するものとなっただろう。

「やり残したこともたくさんあったでしょうに」

「最高のパフォーマンスよね」

こうした言葉が贈られたかもしれない。しかしその午後、私は搬送先のＪＲ東京総合病院の一室で目を覚ましてしまった。枕元には教会の藤田昌孝牧師と長老で医師の金子先生、当時の女執事長久木田さん、そして夫の四人が立っていた。「ああ目が覚めましたか、分かりますか」と藤田先生。ハイと頷くと、夫はボロボロ涙を流しながら手を差し出した。その瞬間、私は自分の右手足が銅像のように動かないことを知った。


さて、二つに分断されたという感覚に戻って言えば、三十年も前、癌のため右腎摘出手術の麻酔から覚めたあの時の感覚とは全く異なる心身の反応であった。麻酔から覚めた時、私は生き延びた、〝生きて再びここに居る〟という臨場感によって、手術前と手術後の自分が同一人物として繋がった。しかし脳梗塞では、一瞬の死以前と以後の自分がばらばらで、どうしても繋がらない。

この相違はどこからくるのだろう。脳対腎臓という病の部位によるのか。人工的に麻酔で眠らされたのと、突発的な細胞の反乱によるのか。あるいは発症時の五十五歳対八十二歳という年齢差か。しかし私を捉えている感覚は、もっと別の、しかも医学とはあまり関係のないところにあるような気がしてならなかった。

ただ一つだけ共通して言えるのは、まだ生きて働いている人体の中で、その一部分のみが死んでいったという事実である。癌の場合は、手術三日前に、アンギオ検査と直後の塞栓術という特別な処置が施された。

経カテーテル動脈塞栓術は悪性腫瘍に適用される。枝分かれした腎動脈に詰め物をしておくことで右腎に壊死を起させ、それによって手術中の大量出血は抑えられ、時間も短縮され、手術中癌細胞がこぼれ落ちて拡散するのを防ぐというメリットの多い施術である。

しかし同時にそれは、狂いたける痛みを伴った。右の腎臓は癌細胞もろとも、極限の痛みと幻覚の中で、二日もかけて死んでいったのだ。

これに反し、脳梗塞では、痛苦も恐怖も知らず、考えるいとまもなく、左脳運動野のニューロンは死滅した。この二つの重篤な病は、その後の人生、わけても生と死を考える上で、象徴的な意味合いをもって、私の視野と想像力と思考の幅を広げてくれた。

人為的に生を引き剝がすためには、これほどのエネルギーを要するということを、即ちここまで激しく抵抗しなければ死なないことを身を裂いて体験できた。生きながら死んでいく。それを二度も味わえたことは、滅多に訪れることのない巡り合わせと言えるのかもしれない。

とはいうものの、「二分された私」は、脳梗塞の予防や再発防止、そして効果的なリハビリへの期待といったことには、ほとんど何の役にも立たないと思う。なぜなら、私は癌を経験して以来、食事・睡眠・運動といった生命活動と不可分の条件の中から、悪しき習慣と思われるすべてを改善し、心身共抵抗力のある健やかな体で生きたいと切に願い実践していた。

ヘンリー・ヌーウエン、アレキシー・カレルや神谷美恵子さんの著作を繰り返し読んでいたのもこの頃で、身体と精神が絶えず相互に影響しあいながら、新たな生を更新していく不思議に強く心を打たれていた。

それがこともあろうに、安息日の礼拝堂壇上で、百五十人の会衆を前にして突然倒れた。いいえ、もしたった一人の部屋で倒れ、長時間そのままになっていたとしたら……。


二分されたこの不思議な感覚を、それでも書き留めておきたいと願ったのは、この不思議こそ、病苦を分担し、受容にまで付き添ってくれる大切な味方ではなかったのか、と気づいたからだ。

搬送された病院のリハビリ病棟では、大きな鏡の中の自分と向き合うことが度々あった。「私にそっくりな、あなたは誰」と見つめ合った途端、あるいは応援コーナーの棚に魅力的なタイトルの本を見つけ、いきなり立ち上がって取りに行こうとした瞬間、恐怖の入り混じった無力感に何度打ちのめされたことだろう。そのコピー人間を冷徹に見下ろしているもう一人のコピー人間が私の中で常に同居していた。

その頃、『奇跡の脳』（竹内薫訳　新潮文庫）と題した一冊の本に出合った。著者は一九五九年生まれの米国の脳科学者ジル・ボルド・テイラー博士で、脳梗塞によって脳の広域が侵された時、博士はまだ三十七歳であった。

私は、自分が二人の人間に分断されてしまった、と感じているこの感覚を特別に個人的な、ある種インスピレーションに近いものではないか、と感じていた。ところがテイラー博士は、見事にそんな独断を払いのけ、どうしても文字化できないでいた私の中の空白を、言葉のつぶてで埋められたのだ。

特に平易な表現で言い得てあまりある、私自身の心情にピッタリなものを拾い出してみた。

「私は本当にまだ私なの」

「ジル・ボルト・テイラー博士は、あの朝に死んで、もはや存在しません」

「私はまわりの人たちにとって異邦人だっただけでなく、自分にとっても異邦人でした」

「私は左脳の死、そして、かつて私だった女性の死をとても悲しみましたが、同時に大きく救われた気がしていました」

テイラー博士は、その後八年かけほぼ完全に回復して、水上スキーを楽しむまでになる。八十路《やそじ》を歩む私に、それはもはや叶わぬ望みであったとしても、脳梗塞という非情で承服しがたいこの病にも、一条の光が差し込んでくる。

少しでも体の不思議を発見する喜びが積み重ねられることで、それが回復への希望に繋がっていくと信じたい。不自由な生活が始ったばかりの時点で、二人の私に振り回されていたわたし。

いつの日か二人は、接近し、和合し、コピーではなく、それが真実の姿と認めて受け入れる。私はわたしから解放され、「大きく救われた」と気づくだろう。その時初めて、不思議は障害によってより具体的な形で現され、可視化され、信ずるに値するものへと変わり得るに違いない。

すり抜けるスリル

曲線を忘れた右手足

倒れるまでは、それこそ考えてもみなかったことの一つに、自分の体重や体積が、足の裏のわずかな面積で支えられていたという驚異的な事実がある。通常、軸足といえば左である。体は体を支え右足の働きを助ける。この左足を更に強くするため特訓が始まった。この左足一本立ちの訓練は、今思い出しても身のすくむ過酷さであった。そのリハビリは退院する日まで続いたが、努力の甲斐あって、五ヶ月後に放免される頃には、八十路の生徒の二の腕や腿にも、しっかり筋肉や筋力がつき、右足をガードしながら人込みの中もぶつかることなく歩けるまでに至った。もちろん、杖と同伴者の助けを借りてである。

ぶつかると言えば、脳内運動野の神経細胞が死滅して以来、やたらに物が落ちることに気がついた。距離感の混濁もある。麻痺の残る右手は、手ぶれがひどい上、直線的にしか動かない。これは新発見だった。無意識にデリケートな曲線を描いて、わずかな空間をすり抜けるなど、実は至難の業であることが分かった。直線同士はすぐにぶつかり合う。落下する。傷つく。

そういう時は、コールボタンを押して、手の空いたナースさんが来てくれるのを待つ。自分で取ろうとして、乗っていたブレーキをかけ忘れた車椅子が動き出し、途端に転げ落ちてケガをした人もいると聞いている。スイッチを押せば、すぐに叶う日常生活に慣れきっている人たちには、病院内での耐えて待つ時間は、かなり苦痛に相違ない。

至難の業なる曲線に話を戻せば、足についても同じことが言える。真っすぐに立ち、自然に弧を描きながら足を運べるようになるまでには、容赦ない言葉にも耐えなければならない。「まるでピノキオですね」くらいなら笑ってすまされる。それが「どこか北の国のパレード？」となると、私も黙っていない。

「直線的にしか動かないから、今ここにいるのです。せめてバッキンガム宮殿の近衛兵くらいにして下さったら」

若い療法士さんは、本当におばあさんが苦手らしい。ある時、担当が年輩の療法士に変わったことがあった。彼が語った言葉は、今も胸を熱くする。

「どんな歩き方でもいいのです。ただ決して萎縮しない。堂々と胸を張り、杖一本でどこにでも入り込んでゆくのですよ」

麻痺の残る右足で、サッカーボールを真っすぐ蹴られるようになるまでには、毎日やっても二ヶ月かかった。しかも打率は三割である。あとの七割は申し合わせたように左に流れてゆく。

人類が二本足で立ち上がり、現在のように自由自在に手足を使いこなすまでには、六百万年から七百万年の時間が必要であった。それにも拘わらず、なぜ、立ち上がったのかは、未だよく分かっていないらしい。

アフリカの森林地帯で、豊富な木の実や果物に恵まれ、安全な樹上生活を営んでいた彼らが、なぜ、木から降りたのか。分かっていないからこそ、益々想像力は刺激される。思うに、初めて二本足で立ち上がった頃のヒトの脳は、すでに何か新しいことをやってみたくて、ウズウズしていたのではないだろうか。十分に備わっていた好奇心、上昇志向、現状維持への漠とした不安。あるいは、天啓か。

こうしたもろもろの突破口として、特に物好きの一人（一匹）がパフォーマンスを試み、求愛行動も兼ねて、立って歩いてみたら、視界が変わり、発想も変わり、関係も変わり始めた。しかし、これが抜き差しならぬ運命の助走へと進展していく……と、このくらいは、勝手に想像を楽しんでみる。

この二本足直立歩行によって、脳はいちじるしく進化し、大きくなっていった。二十一世紀の今日に至って、歩行と脳の関係は更に緊密化し、今や歩くことが、認知症予防の積極的対策であることを知らぬ人はまずいない。

謎が前後してしまったが、二〇一七年一月一日に掲載された朝日新聞のオピニオン「私たちはどこにいる」の言葉に触れるだけでも、人が二本足で歩き始め、歩き続けなければならなかった事情が、ほんの少し垣間見えてくる。お書きになったのは、京都大学総長でゴリラがご専門の霊長類学者、山極寿一さん。気ままな想像力など入り込む余地がないほど、緊迫した潮流が、わが身のうちにも波立ってくる。

まったく、立って歩く以上は、転ぶ。滑る。サッカーボールが単に蹴るためだけにあるのではなく、乗るために、乗って静止状態を保つために用いられることを知ったのは、左軸足特別強化訓練に組まれたプログラムのおかげである。

まず、バーの脇に真っすぐに立つ。前方には大鏡、足元には空気を少し抜いたサッカーボールがある。左手を静かにバーに乗せる。決して固くつかまない。右手も鏡を見ながら、同じ高さに広げ、役目に参加させる。その後、左軸足をサッカーボールの上に乗せて待つ。

理学療法士の合図で、左手をバーから離す。と同時に、右の麻痺した足も自力で床から離し、空で保つ。グラッと倒れそうになるボールの上の体を支えているのは、両腕のバランス感覚と、左軸足の筋力、プラス集中力である。

一回は見事、「ハイ」と同時に滑り落ちる。その日は七回、すべてハイ落ち。翌日は、二秒立ち。五日目には五秒立てたが、この五秒がなんと長く感じられたことよ。

合格点は三十秒。左足の腿とふくらはぎは膏薬がべったり。痛くて痛くて安眠どころではない。十五秒を平然と、ボール上で立てるようになった頃、岡山から娘が孫娘を連れてやってきた。お見舞いを兼ねて上京した夏休みの滞在中に、何としても三十秒間ボール乗りの雄姿を見せたいと思った。

さてその日、いつも通り深く息を吸ってサッカーボールに乗り、左手右足を触れている物から離して三十秒間ほとんど静止の状態を保つことができた。療法士の「ほう」の感嘆詞にぐらっとしたが、すぐに持ち直すこともできた。それなのに、「五十秒」の声が聞こえた途端、不覚にも笑いが込み上げてきた。笑わない。あと少し、あと少し。「六十秒」の声がした。私は「やったー」と叫んで、サッカーボールから滑り落ちた。いきなり、六十秒をクリアしてしまったのだ。見学席に目をやると、娘は「こんな母を見るのは初めて」と涙ぐんでいる。医学生五年目の孫娘はクールな様子で何やらしきりにメモをしていた。

もし、娘たちに見せたい一念でできたとしたら、人体にはまだまだ未知なる空恐ろしい力が秘められている。その力に導かれ、命は動き続け、すり抜け、適応し、変化し、存続に全力を注ぐ。

体のこの律儀さに報いるには、何はともあれ歩くことだ。

自信がついた左足に助けられ、院内はしのび足で歩き、院外は影を踏みしめながら歩き、褒められて歩き、図に乗って歩き、終わりのない思考回路をひたすら歩いた。ついには、十メートルを十一秒、十九歩で歩き切った時、あの辛かったリハビリもまた、何と熱く尊い学びであったかを理解した。

これを書いている二〇一八年は、サッカーワールドカップロシア大会の年であった。決勝トーナメントに進出した日本は、ベルギーに逆襲されて惜敗。そのベルギーもブラジルに勝ったものの、フランスには〇対一で敗れ涙雨となった。

ボールはここかと思えば、すぐ彼方。卓越した足技に踊らされて、人間の間をすり抜け、股間を抜き、頭越しに飛び交う。ボールは動き続け、変化し、存続に励む命そのものだった。私はしばし、あのサッカーボールの上に立つことさえできなかった自分の姿を、思い出さずにはおられなかった。

ホモ属がまず地上に立ち上がったこの一大変化が、遠大な遺産となって、ボールを蹴る彼らの足にもＤＮＡとして刻み込まれ、引き継がれてゆく。四年後の日本代表は、ベスト八以上も夢ではない。オーレ。

沈黙する想像力

見つめる者と見つめられる者

見舞うことも見舞われることも、本当に難しい。でも一体、何がどう難しいのか。そんなことを考えていた時、ある回文と出合った。つみのちははちのみつ（罪の血は蜂の蜜）」。回文作家の福田尚代さん（一九六七年生まれ、現代芸術家）の回文は、優れて人の心に眩暈《めまい》を起こさせ、回文の遠心力をもって蓋をしたいと思っていたものを、振り落として露《あらわ》にする。

上から読んでも下から読んでも、同じこの循環する言葉の髄《ずい》に触れた時、ハッと思い浮かんだ諺があった。古くから地球上のそこそこでささやかれるあの「他人の不幸は蜜の味」である。何とも後味の悪い甘さなのに、多くの人がこの甘味に取りつかれ、密かに舐《な》めてみたがるのはなぜだろう。

旧約聖書の「ヨブ記」の中にも、この蜜の味に通じるような言葉が登場する。

安らかな者の思いには、不幸な者に対する侮《あなど》りがあって、足のすべる者を待っている。

（「ヨブ記」第一二章五節）

人の心の奥には、他人の不幸を喜ぶおぞましい本性が潜んでいるのだろうか。闇の中で繁殖する有毒な菌類のように。しかし、三年前に足を滑らせた者となってからは、見舞う者、見舞われる者、また、見つめる者、見つめられる者の、視座と関係が変わってきた。そしてこれこそが、沈黙というまったき言葉の意味を解く鍵ではなかったのか。蜜の味にも通じるこの鍵から入っていくためには、誤解を恐れぬ勇気や、蜂の一刺しに遭う覚悟も要る。お見舞いとは、それほどデリケートで、もし、自分に想像力が欠落していると自覚するならば、やはり、控えた方がよい行為なのである。

自分の言葉に酔いしれる発信者。ほの見える言葉の裏側。昨今の、特に大都会の人間関係の中で、病む人の心の傷がいっそう疼《うず》き、絶望感がますます深まってゆくのはどんな時なのだろう。

個々の病は、顔と同じくらい、個性的で一つとして同じものはない。データだけを取り出して調べれば、近似することはあっても、一たび、生身の人間を通せば、皆違ってくる。

言葉が沈黙を伝えるためにあると実感したのも、十代、五十代、八十代、それぞれの入院生活を経験して学んだからだった。肋膜炎と原因不明の、二十一世紀の今ならおそらく膠原病に入る病に冒された十代半ば。戦禍を免れたとはいえ、戦後間もない粗悪な環境のN大附属病院で数ヶ月も過ごすことができたのは、読書と現実の入院生活から、絶えず刺激を受けていたからだと思う。

担当医が、ご自宅の本棚からせくせくと、かつて自分をとりこにした本、大半は世界文学全集であったが、それを貸してくださるという、どこかのどかで幸せな出会いもあった。

しかし、現実の入院生活はのどかどころではなかった。

焼け跡の大部屋のような広間には、消化器系も呼吸器系も、腎臓病やリューマチの患者もいて寝起きを共にしていた。未成年には家族が付きそい、母が岐阜から泊まりがけで週の六日をそこで過ごした。時々母について洗濯物の干し場にもなっている屋上に上がることもあった。

名古屋の街が一望に見渡せ、復興の熱気が屋上にまで舞い上がり、そこここに貼り付けてある「飛び降りるな」とか「もっと命を大切に」と書かれた紙をひらひらと吹きとばしていくのだった。

またある宵の口、パーンと銃声一発。間もなくジープからＭＰが降りてきて、進駐軍の一人と夜の女が病院に運ばれるのを見た。ちょうどモーパッサンの「女の一生」を読んでいた時で、妙にこの事件と重なり、今でもあの騒然とした空気感は忘れられない。「恋のサヤ当てよ」と面白がる病人もいれば、黙って涙ぐむ患者もいた。病院は人生劇場そのものだった。

五十代の癌病棟では、病む者は自分を鎮めるために、少ない言葉で語り、見舞う者は、沈黙をもって寄り添ってくれた。命の究極を覚悟したその姿を、記憶にのみ留めてくれた静かな友を持てたことは、十代の時の担当医と同様、得難い出会いであった。

そして八十代、信仰をもってからの初めての大病であったが、私が安息日に礼拝堂で倒れたという隠しようもない事情もあって、お見舞いの様相は大きく変わった。ゼロ歳から米寿まで、親類縁者を一挙にお迎えしたような毎日は、滅入りそうな気分を紛らわせ、笑いもあったが、どこかで怖いという感情が働いていたことは否めなかった。

お見舞いにきた皆さんは、少しもたつくとはいえ、どんな質問にも答えていた私の回復ぶりに、心から喜び、安心してくださったのだと思う。しかし、脳神経内科に入院していた一ヶ月は、可能な限り、脳と心身を休ませたいという欲求と、自分を少しでも元気に見せたいという虚勢の狭間で、自分自身を縛り上げていた辛い日々でもあった。

その後、リハビリ病棟に移ってからは、脳の状態も安定し、この病棟特有の和やかさに助けられもしたが、ハードな特訓でいつもぐったり。面会中もつい眠ってしまうこともしばしばあった。グラッとして目を開けると、「大丈夫?」の一言はあるものの、途切れた続きがまた続く。はっきりストップもかけられない自分の弱さに、ほとほと愛想をつかすこともあった。

もとより、お見舞いに、自慢話やお説教、長居は禁物である。患者の心を少しでも波立たせる言葉は避けるべきで、患者が退屈しているからとか、寂しがっているからとか、勝手に決めつけるのは、上からの目線であり、ここに想像力が大きく関わってくる。

変わり果てたヨブの姿に、始めは嘆き悲しみ、地に伏して祈り続けていた友人たちが、何ゆえに次第に批判的となり、遂には説教者となってヨブを追い詰めていったのか。彼らが語れば語るほど、ヨブの心は引き裂かれていったのだった。

善意をもって、多忙な時間を割いてお見舞いにいらした方を、そんな風に言うあなたこそ不遜、との非難の声も聞かれよう。皆がみんな、そうではない。嬉しさの余韻をずっと残していかれる方もいる。ただ、普段ほとんど交流のない方が、いそいそと現れた時は、大波が押し寄せてくる予感の前に、立ちすくみ硬直する。

「すべての災難は、自分で蒔いた種よ」
「もっと忍耐強くなるために、神様がお与えくださった試練じゃないかしら」

こうした言葉は、本人が自分と向き合い、問いかける重い言葉であり、何も知らない他人が軽々しく口にしてはならない。

波立つ言葉は、罪の血のように騒々しい。病床に身を置く者は、死が淀むことなく生と同じ時間を流れていることを日々実感している。言葉は命であり、時間もまた命である。この二つは分かちがたく結びついて、人の心に働きかけてくる。

見舞うという状況の中での沈黙が、夫婦や親子、あるいは友人の間で、ふとしたもつれから、もう何日も口を利いていない沈黙とは、まったく質的に異なることをもっと理解したい。これが誤解を恐れず伝えたかったことである。

細胞レベルでの約束

「私に限って」という便利語

病院というところは、病の種類や症状の程度に拘わらず、足を踏み入れたその時から、病人をますます病人臭くさせてしまう摩訶不思議な力をもっている。覚悟をもって病院にやってくる人より、目覚めたら病院のベッドに寝かされていた人の方が、摩訶なる力には弱いかもしれない。弱い分、不安感や恐怖心は強い。

アルツハイマー型であれ、加齢に伴う物忘れの進行した型であれ、緩慢に行動が制限されていくものより、突発的に起こる事故や病の方が恐い、と思うのは当然ではないだろうか。にも拘わらず、多くの人々が、私に限ってそんな事故に遭うはずはない、病に倒れるわけはない、と現実的なイメージを描こうとしないのはなぜだろう。私にも多分にその傾向があったことを、倒れてみて初めて分かった。

「私に限って」は、おまじないみたいなもので、病気に対する恐怖をかき消すための自己暗示か、あるいは自らの健康をひけらかすための、便利な言葉ではないかと今では思う。

病弱な体質を受け継いで生まれてきた者もいる。身体は弱くとも、懸命に生きようとしている命をいとおしく思うのは、自己憐憫とは似ても似つかぬ、もっと深い内なる生命への祈りである。病むところ、弱いところを通り抜けた言葉こそが、身体化し、忘れようにも忘れえぬ言葉となることを病を得て強く感じた。

虚弱か剛健か、この問題に戻って言えば、遺伝にまで広げて考えてみると、少しは納得がいく。

どこの病院であれ、初診者には必ず、一枚のアンケート用紙が渡される。そこに患者本人は無論のこと、両親、兄弟姉妹、父方母方の親族まで遡って既往症や死因を書き込まねばならない。

面倒だし、普段から疎通がないと、すぐに書けるものではない。それに、このような調査をする以上、やはり癌を始め多くの病が、遺伝と深く関わっているのかと不安や疑念がよぎる。

父方は、父が胆管癌で痛みも手術もなく、八十六歳の春、安らかに他界したほかは、全員天寿全う老衰死というめでたき家系である。生前の父から聞いていた通りに書く。

母方は、母の下に六人の弟妹がいるので、正確に書こうとすると時間がかかる。不思議なことに、一人置きに長命と若死とが入れ替わり、胃癌、乳癌、肺結核が死に至らしめた。長命組は、母と叔母が九十二歳の老衰による自然死。浮き沈みの激しい人生を生き抜いたもう一人の叔父は、八十一歳まで伊達男を貫き、最期は、自宅で愛妻に看取られてあっけなく生を閉じた。

ただ一人、今も元気な末っ子の叔母は、九十二歳の自立した幸せな最晩年を送っている。とはいえ、六十代前半、乳癌で乳房を全摘出している。生前の母に会うため秋田から上京した折、いきなり「見てけれ」と言って、平板になった胸を見せてくれたことがあったが、あのあっけらかんとした性格も、長寿や回復と関係がありそうだ。

母は八十代の半ばを過ぎる頃から、急に昔話をするようになり、間もなくまだら惚けが始まった。九十二歳の天寿を全うしたが、生前ついぞ本人の口から、「認知症」なる言葉が発せられたことはなかった。

勿論、この言葉は知っていた。その代わり、何かに失念するたびに、「まあまあ、私惚けましたかしら」と照れ隠しのように、何とものどかなトーンで繰り返したものだ。惚けるも惚れるのも同じ漢字ということが、大層気に入っていたようで、決して濁音をつけてボケルと発音したことはなかった。

頭を抱え込むほど似た気質が私の中にもある。長命組は能天気で、やや自己中心的な行動派であるのに比べ、短命組の叔父、叔母を見る限り、神経質な思考派である。

高校で生物という科目に一番興味を覚えたのも、遺伝について学べたからだ。昨今は、十九世紀のメンデルさんなどは、もうお呼びではないのでしょうか。私は、あの〝メンデルの法則〟にはまり込んで、クイズを解くように楽しんだ。今では、小学生の高学年でも理解できるようなＤＮＡの仕組みについての解説書が出回っており、今昔の感しきりである。

母の兄弟姉妹を見ただけでも、これだけ違う。では「医は仁なり」を座右の銘に掲げ責務に励んだ祖父の死因は何だったのか。祖父は患者の胸に聴診器を当てたまま、ひょいとあちらの岸辺に移ってしまった。祖父の死を確認した患者さんは、そのあまりにも胸に迫る死にっぷりに感激し、提灯行列を思いついた。と、ここまで書いてきて、私のペンは止まった。

「ちょっと待って」と、私はペンに向かって言った。

「提灯行列を仕掛けたのは、脳梗塞ではなかったの」

そういえば、ついぞ母から祖父の死因となった病名について聞いた記憶はない。心臓麻痺でもよかったが、祖父の気性や行動力、男前などを考え合わせると、やはり脳梗塞の方が似つかわしい。

祖父はエピソードの多い人間だったらしい。同じく町医者だった曽祖父の跡を継ぐため婿養子入りをしたが、その際立った個性は少しも変わらなかった。当時のおおよその町医者がそうであったように、内科全般から抜歯、盲腸の手術、凍傷や眼病、うつ病も手がけ、難産や看取りにも立ち会った。遠路の往診には、自分で馬を駆って出かけたと、これらすべては、長女だった母から聞いて知っていた。

待合室は一種の社交場で、部屋の真ん中には大きな囲炉裏があり、甘辛そうな匂いの大鍋がいつも湯気を立てて掛かっていた。村人たちはここで持参のにぎり飯を開き、熱々のおみそ汁をお代わりしながら、好きなだけ時間を過ごす。私は今でもこの光景と匂いを覚えている。

盆暮れの薬礼も祖父が一軒一軒回って歩いた。払えない人には、逆に施しを惜しまず、家計は常に火の車だったと、これも母から伝え聞いていた。子どもには厳しかった祖父も孫には優しく、私を含めて十六人の孫全員を医者にさせたかった。結局二人を除き、皆好き勝手な職業を選んでいるから、性向や志といった資質は、遺伝とはおよそ無関係の賜物ではないかとも考えてみる。

それよりも、もし私が癌という病しか体験していなかったとしたら、果たして脳梗塞にまで思いが至ったであろうか。脳梗塞のため、死に苦しめられることもなく、一瞬にして、しかもドラマティックに迎えられた血族の存在は、大きな慰めであった。この理不尽な慰めこそ、細胞レベルで血族を繋ぎ留めておく力なのかもしれぬ。

一生の間、何ら過酷な環境の重圧や、栄養の偏りや、精神的ストレス、過重労働、睡眠障害等々の影響を受けることなく、次世代に傷のない完全な形の細胞を遺しいくことなどできるだろうか。

どんなに理想的、健康的なライフスタイルを守っても、「ヒト」は病気になる。何らかの不具合が生じてもおかしくない環境の中で、私たちは今を生きている。それを嘆いたり、恨んだり、侮ったり、見せびらかして、そこから何が生まれよう。

生命の不思議は、知れば知るほど深まるばかりで、持病があっても、ここまで生きてこられた私は、今日という一日を、押し戴いて生きなければと思う。実はこれが本当に難しい。

夫婦の掠《かす》り傷

相手の中に見る自分の姿

夫のことを書くとは、妻自身も自分をさらけ出すことである。四十五年という歳月の同じ地続きの土くれから、いつ蒔いたとも知れぬ種が芽生え、肥大し、やがて絡まってきたり、棘をもって突き刺してきても、そんなこと知るもんか、と逃げ腰になる相手をどうして責められよう。

鏡のようにお互いを映し出している姿は、反転したところで、元々の自分の姿である。もはや二人の間に、共有できるものなど何もない、と決めつけられるほど単純ではない。ドキッとするほど類似した行為、類似した言葉を吸い上げては吐き出している。

二〇一六年のいつを思い出しても、心がピリピリ引き裂かれそうになった日々は、一体どこからきて、どこへ去ったのか。いえ、まだ完全に消え去ったわけではない。いつまた、ぶり返し発症するか分からぬ不安を孕《はら》んで、身の奥深くに潜んでいるのかもしれない。それが私の疾患がもたらした結果なのか、お互いの加齢に伴う感情抑制の混乱なのかさえ、曖昧である。

病む者と介護する側の苛立ちが、マグマ溜りとなって爆発する。少し触れただけで、息も止まるほどの右足指の痛みより、互いの中に見る心の疲弊した姿のほうが辛かった。

なぜ、そのエネルギーを回復や前進といった希望に繋げられなかったのか。それでも、脳に障害をもった病が、どんなに酷薄であるかを伝えたかった願いを、そう易々と捨てることはできなかった。無力感に悩み続けたその年の歳晩、私はダメ押しのように路上で転倒する、という体験をした。皮肉にもこの事故が、夫への期待感から私自身を解き放してくれることになろうとは。

脳梗塞で倒れる三年以上も前から、夫は妙に怒りっぽく、忘れっぽくなっていた。当時は、男にも更年期に似たこんな時期があるのかしら、と受け流していたが、今回は笑って看過できるほど私の平常心も回復していなかった。

リハビリ病棟での入院は、長いようでわずか五ヶ月足らずであったが、見知らぬ土地で過ごした旅の疲労感にも似て、けだるさが堆積していた。

その日、正午を待って夫とナースステーションを訪れ、百本の紅のバラを手渡し、最古参となった入院生活の礼を述べて病院を後にした。タクシーで四十分、まだ緑の残る並木道路を抜け、退院を現実のものと実感したのは、やはりわが家のドアを開け、二人きりになった時である。

部屋の匂い。夫の匂い。窓を開けた時の風の匂い。土の匂い。見上げる空の広さ。夫がすぐにレコードを掛けてくれた。〝ラグ・タイム〟。私の右手足を除いては、何一つ変わっていないのに、元の生活が始まるという喜びよりは、不安とも異なる哀しみに近い感情に襲われた。なぜだか分からない。

それからゆるゆると、杖と装具を使って家の中を歩いてみた。足の裏の感触が病院とはまるで違った。初めて見る手すりが七個所にも取り付けてあって、そのうちの一つだけが、夫の手製とすぐに分かった。一メートル半はあるその白木のバーに摑まって、私は左右の足を上げ下げし、片足立ちを試み、両腕回しを繰り返した。

三時間も前に、病院で同じような体操をしていた自分がふとよみがえり、ここにいる「わたし」は、やはりコピーなのだという奇妙な感覚に打ちのめされた。私は何としても、ここがわが家であるという確証が欲しかった。

そうだ、ベランダに出て、花でも触ってみよう。ガラス戸を開け、重い椅子に摑まって後ろ向きになり、左の軸足に体の重心を移し、まさに麻痺足を下ろそうとしたその時、「危ない」という声と、私の両手が押さえつけられたのは同時だった。

「よろけて転び、手すりに頭をぶつけたらどうする」

「ベランダに下りる練習は、毎日していたの」

「ここは病院とは違う。言う通りになさい」

そうはいかないと思うと私は小さな声で答えた。この一言は、その後の辛い一年を予兆していた。なぜ、何はさておき、「そうね、よろしく」くらいのことを素直に言えなかったのだろう。早々と予感は現実のものとなった。

不思議なことに、記念すべき日のメニューは覚えているはずなのに、退院祝いのごちそうについてはよく思いだせない。夫は料理の腕前には自信をもっていたし、私の減塩食についても理解していたはずだ。

それが恐ろしく刺激的なピリ辛味で、思わず箸を落としたことは覚えている。夫は立って箸を拾い、代わりにフォークを差し出して「味はどう」と尋ねた。「美味しいわ」。はっとして私は答えた。そこで終えればよいものを、「でも」と言った一言が口火となった。

「でも、何だ」

そのトーンの強さに怖気づいて、早口で応じた。

「少し辛すぎるの。病院ではずっと減塩食だったから」

「ここは病院じゃない。明日から自分で味付けだ」

「分かった。一体、何をそんなに怒っているの。辛すぎると言ったから?」

「怒っているのはあなたの方だ。疲れて眠いのなら、無理に食べなくてもいい。さっさと寝なさい」

「消えなさい」とその言葉は聞こえた。

二人とも、過度に責任を感じ、緊張し、高揚していた。あるいは、とこうも考えてみた。夫の中に、言いようのない不憫さが嵩じ、その思いに適切に従っていけない自分へのもどかしさが、ある種ハラスメントに転じたのか、とも。言葉によるハラスメント。治療後の、退院後の後遺症として、夫婦の豹変は、医師も看護師長も気づくわけはない。同様の事例はあったとしても、患者にまで教えてはくれないだろう。私の無力感は増幅していった。

脳梗塞に戻って言えば、手足の痙縮《けいしゅく》は、常に大きな課題である。入院中、すでに曲がりかけていた右肘を、療法士と患者との根気強い反復運動で、改善してきた。右肘を自由に振ることで、バランスがとれ歩きやすくなったのに、再びみぞおちあたりをギュッと押さえるような胃病スタイルに戻すことには、抵抗があった。そのことを、リハビリ同伴者を引き受けた夫に伝えると、「この道が院内の廊下と同じに見えるか」とまず尋ねてきた。

「道はデコボコだし、風も吹きつけてくる。自転車も飛び出してくる。倒れたら、一体どうする」

言われてみれば、その通りであるが、「何もできない者は黙っていなさい」は、いかにも冷たすぎた。

一日目から約一年余、益々パワハラの度を増していく言葉を書き留めたところで、私のみじめさは消え去ることはない。高齢者夫婦のしがない日常茶飯事と一笑に付されるだけで、もっと激しくなじり合い、傷つけ合いながら、夫婦を続けている人はいくらもいる。ただ、公の場で、路上で、人前はばからず怒号する時は、ほとほと情けなく、筋肉も心も萎縮していくのが分かった。


ある朝、バス停二区分を歩く予定で家を出た。厳冬期の真っ青な空の下を半分も歩いたあたりで、突然夫が手を離し、私の先をスタスタ遠ざかっていった。

「危ない！」

周りには摑まれそうな物は何一つなかった。追いつこうか、帰ろうか、一瞬考え、足を前に進めた途端、軸足となった左足が段差につまずき、一回転して私は後ろに倒れた。声を上げたのと、後頭部を地面に叩きつけられたのは同時であった。あまりの痛さに、息も絶え絶えとなり、今度こそ終わりかと思った。

通行人の一人が駆け寄り、身を屈めながら、「救急車を呼びましょうか」と尋ねた。目の開いた視界の中で、夫が「大丈夫、大丈夫です」を繰り返していた。通行人が去ると夫は、私の頭を膝に乗せて無闇にさすりながら、「すぐに追いついてくると思った」と二度も言った。

キーンと晴れ渡った空を背景に、上から見下ろしている夫の顔を、私は麻痺の残る冷たい手で、震えながら思い切り払いのけた。その時、二人を繋いでいた得体の知れない何かがプツンと切れた。馴れ合うというおぞましい習性も、夫の中に投影される妻の自己嫌悪も終わった。もうない。何もない。

私は以前より、よく笑い、よく歌う。諦めたわけでも、他人になったわけでも、ましてや理解し合えたわけでもない。

あなたこそ、耐えきれないほど毎日が苦痛なら、いつお止めになってもいいのよ。早晩、命とお別れする日はやってきます。

この孤独で、尊大で、未熟な男を誰が見届けようか。時折、懐かしさが五月の風のように、埋もれていた記憶を揺らし、私を戸惑わせる。

書こうか書くまいか、迷いつつ進めてきたこの章を、こんな風に終わらせてよかったのだろうか。この三ヶ月後、私は救急車で同じ区内の東京警察病院に搬送され、激烈な苦痛を伴う二十一日を過ごした。夫と娘は毎日それぞれに病室を訪れ、励まし、帰って行った。

手術はこの二ヶ月後、四ヶ月後と続いていく。この期に及んでも、夫の表情に見え隠れするある種の解放感は、私の晴れ間でもあった。

六年ぶりに岡山から東京に舞い戻った娘と、毎日のように間近に会って話しながら、目尻に刻まれたシワの深さにおどろき途惑った。私の知らない何があったの。想像だにしなかったそれは、年頃である息子との葛藤と苦悩の傷跡だった。温順な一人娘しか育てたことのない私には、到底できない忍耐だったろう。その娘から見れば、私たち夫婦のいさかいなど取るに足るほどのものでもなかったに違いない。

よくぞ家族をここまで守り通してくれた。

所詮、人は自分の経験した範囲でしか、悲しまないし、許さないし、想像すらしない。最初に掲げたタイトル「夫婦炎上」を、「擦り傷」に書き変えたのは、このことに気づいた直後であった。

リハビリの街角で

もっと大山豆桜のことが知りたくて

古い町の一角に、一本の大山豆桜が根付いている。染井吉野の開花に先駆けることほぼ一ヶ月。光の先に春が降り立ったかとみるや、一斉に小さな深く濃いピンク色の花を咲かせる。そこだけがポッと灯りがついたように華やぎ、雛壇《ひなだん》のぼんぼりの前で、姉と「明かりをつけましょ　ぼんぼりに」と歌った遠い日がよみがえってくる。外気はまだ冷たく、半コートにマフラー、手袋も欠かせないのに、花を愛でたいばかりに、マーケットまでの大回りもいとわない。

もっと大山豆桜のことが知りたくて、本棚から参考になりそうなものを探した。と言っても、夫も私も全くの門外漢。まずは『牧野富太郎選集　第二巻』（東京美術）の桜の項を開く。しかし、そこを読む限り、大山桜は何度も登場するが、大山豆桜はとんと見当たらない。

しかもその大山桜さえ、当時、東京には二本しかなく、見たいとなれば〝上野の公園の帝室博物館構内に行く〟とある。この項の終わりカッコ（昭和十一年発行

『随筆草木志』より）内を読んで納得した。大山豆桜は、戦後生まれの新種かも知れぬなどと想像しながら別の一冊を開く。

大場秀章著『江戸の植物学』（東京大学出版会）は、装丁も美しく、六ページも割いて、主に桜と梅について紹介している。すでに稲生若水、松岡恕庵といった優れた本草学者を輩出している江戸の初期。とりわけ恕庵は、桜だけでも三百種を超える品種があったことを、丹念な観察体験や自筆の写生図にまとめ、貴重な文献として今に残している。

この町の豆桜の祖先は、恕庵先生の文献中にある三百種の一本として連なっているかも知れない。何せ〝野方〟は江戸の頃から同じ名を冠した村として栄えていたと聞いている。豪商の庭園を彩ったであろう大山豆桜が、時を重ね何代目かの一本に収まって、今も町で息づいているかと思うと、花への愛着は増す一方である。

他にもう一冊、これを機に読み返したい本があった。永井龍男著『花十日』（講談社）である。鎌倉に四十年も住まわれた文士のお庭には、桜だけでも、染井吉野が三本、枝垂桜《しだれ》が二本、山の桜の実生が数本あったとある。残念ながら大山豆桜の記述はない。

居ずまいを正して読み進むうち、どうしても声に出して読みたい数行に出合った。真っ盛りの桜について考えを述べられた個所である。

……一年の風雪に耐えて咲く花だから、ある日ある時、一樹の精が籠められる。それは朝桜であるかも知れぬし夕桜であるかも知れぬが、この一刻の妖しさに逢うことがなければ、花の美しさを口にすることはできない。その一刻、花の精は人に時の移りを忘却させる。……

真っ盛りの桜の妖しさは、人の記憶と密通し、官能を屈従させるほどの力があるのか。いずれにしても、私には花の美しさを語る資格はない。ましてや大山豆桜に関しては、まめまめしさや可憐さに惹かれ、花の妖しさに囚われたことなど一度もなかった。

その日の午後のリハビリコースは、初めての道を選んで歩くつもりでいたのに、どうにも〝花十日〟の言葉が頭から離れない。その上、天気予報まで夜半から翌朝にかけ、風が強まると伝えている。今日が大山豆桜の見納めと思ったら、迷うことなく向かう方角は決まった。

混雑する踏切を避け、駅のエレベーターを利用して構内に出る。構内のこの時間帯は人もまばらなので、デコボコ道に耐えながら馴れながら、ワイドベースで歩く姿をここで少しばかり矯正する。十五メートル足らずの真っ平の床を、同じ歩幅で真っすぐに歩き、反対側のエレベーターで下降する。目指す大山豆桜までは、ほんの一息。

ところが角を曲がるや、いきなり目に飛び込んできたのは、豆桜ではなく、大きな一匹の犬であった。ベージュに茶の混ざったレトリーバーと初老の夫婦が足早に近づいてくる。老犬の胴着の柄まで判別できる距離にきて、私は立ち止まって言った。

「こんにちは、素敵なご家族ですのね。ハウアーユー」

「ラブちゃんと言います。人間で言えば八十五歳くらいかしら」

私もと言いかけて、「とてもそんなには見えませんわ」と応じる。

「ラブちゃん、ハウアーユーはどうしたの」

愛犬は照れくさそうに、飼い主の足元に隠れてしまった。

「失礼しました」

「いいえ、いいえ」

「母親は柴犬で、父親がレトリーバーです」

「国際結婚でしたの」

「その割には社交性がなくて」

「かわいいじゃありませんか、照れるなんて」

温かい気持ちに満たされて、私たちはそこで別れた。

大山豆桜は、そう思って見れば、一時期の精彩を欠いていた。花の真っ盛りを終えた一樹を見上げながら、それぞれの花には、それぞれの愛《め》で方があっていいと自分に言い聞かせる。

通りに出て、商店街を端まで歩いた。かつて映画館がこの辺りにあり、市川崑監督の「東京オリンピック」はそこで観たこと。少しトイレの臭いがして、上映中息苦しかったことなどを夫に語りながら歩いた。なぜふいにそんな話題に及んだのか、自分でもよく分からない。豆桜の有終に触れ、幼い娘を挟んで別れた夫と三人で観た終わりかけている家族が、花と重なったのだろうか。

夫は疲れた私の足取りに気づき、「そろそろ帰ろう」と言って、豆桜のあった道に戻り、角を曲がった。と、先ほど会ったご夫妻が愛犬を真ん中にして歩いてくる。お互い、手を挙げて近づいた。

「また、同じ場所でお会いするなんて」

「ラブちゃん、ハウアーユー」

ラブちゃんは、照れることなく路面に頭をつけてお辞儀をし、右手を差し出した。私は踏ん張って杖を持ち直し、麻痺の残る右手でしっかり握手した。

「来年も豆桜が咲く頃、この道でお会いしましょう」

「ええ、必ず」

来年、つまり二〇一八年のその頃、私は救急車で東京警察病院に運ばれ、二十一日間の辛い治療に耐えていた。あの上品な初老の夫婦とラブちゃんは、毎日、大山豆桜の咲いている小径を、再会を望みつつ歩かれていたのだろうか。

夫と私は無言のまま、その日の午後に降りたエレベーターで上昇し、構内の窓辺に立った。はるかな秩父連山が夕日を背に暗紫色に浮かび上がっていた。もし私が、何の不自由もない体で通り過ぎてゆく人であっても、あの夫婦は笑みを交わし、語り掛け、愛犬の芸を見せてくれたであろうか。

ゆったりよったり歩くしかない、不測の成りゆきを受け入れて以来、杖にも意思があると感じる時がある。その杖に導かれて、たくさんの優しい眼差しや温かい言葉に出合ってきた。

「特に今日は最高だったね」

私の気持ちを汲んだように、傍らの夫がぽつんと言った。豆桜へのはなむけの一言は言いそびれてしまったが、今年はこれで十分。佳き春の訪れである。

突き抜けて病苦

耐える経験なしに人は成長できない

癌と脳梗塞とを、その苦しみにおいて比較することに、どんな意味があろうか。ただ、脳梗塞の方が可視的であるが故の、なお切実な絶望感は残る、という点で勝っている。

搬送先の病院で、主治医にこんな愚問を発したことがある。脳梗塞と癌では、どちらがより怖いとお考えですか、と。

「それは癌でしょう」

脳神経内科医はきっぱり答えられた。

「目に見えないところで、浸潤し広がっていきますから」

〝目に見えないところ〟という一言は、目に見えるもので懊悩する者にとって、病苦を意味づけする時の象徴的な言葉となった。

確かに私は、病を美化したり、恩寵化することを好まない。それでも癌病棟にいる時は、くる日もくる日も、病苦の意味に言及した本を読み漁っていた。自然への覚醒や、弱者への共感も、耐える経験なしに人は真に成長することはできないといった言葉も、大病を突き抜けた人が語ってこそ説得力がある。

毎年行われる健康診断の結果が、すべて正常範囲に留まっているからといって、それでイコール健康と言い切ってしまうことには抵抗がある。無論、正常数値は素直に喜んでいいが、この数値には、その人の内面のもの、即ち目に見えないものが表示されることはまずない。もし若さや身体の健康を誇る人間が、横柄な利己主義者であっても、やはり健康人と言えるだろうか。

「それは暗い屁理屈。病人のひが目です」という声も聞こえてきそうだけれど、無邪気にアンチ・エイジングの波に乗れない理由もここにある。

自分の喜びが、誰かの傷口を開くかもしれない。この想像力をもたない限り、目には見えないものに対する畏敬の念や、価値の転換を語ることはできない。

病は言うに及ばず、死についての表現もネガティブになりがちである。それは死が忌み嫌うべきものとタブー視されてきた悪しき名残ではないだろうか。

私たちは皆、生まれ落ちた時から、死を身の内に包含して成長し、そして老いを迎える。死が常に同じ個体の中で、生を見守ってくれていると考えると、生と死は同一線上にあり、慣れ親しんだ身近なものとして捉えられる。

すでに前述した通り、私は胎児の時に生きる苦しみを経験したと、何度も母から聞かされてきた。その上、暗赤色の仮死状態でこの世に生を享けたが、この時の仮死の状態、癌に冒された腎臓摘出の三日前に行われた人工的な右腎壊死の状態、今回の脳梗塞による一瞬の死の状態、これらいずれも死と隣接した体験を振り返ると、おおよそ誰もが避けて通ることができない生老病死の四苦は、もう充分に味わい尽くしたことになる。

その上でなお、三姉妹の中で一番体の弱かった私だけが生き残り、八十六歳の今も生きていることが不思議でならない。

三十年前、腎臓癌の告知をされた都立駒込病院のドクターSは、レクチャーを申し込んだ私に、最後はこんな言葉で締めくくられた。

「突き詰めていけば、癌は哲学の問題です」

一瞬、黙するが、質問を続けた。

「つまり、それはどういうことなのでしょう」

「分からないということです」

「何が分からないのですか」

「余命や完治、転移再発の可能性……」

「分からないぶん、希望の入り込む余地もあるわけですね」

問答はこの後も続いたが、病苦の意味にまでは至らなかった。今となっては、脳に関する疾患の方が、より哲学的に捉えられるのはなぜなのか。病気が必ずしも健康の対極にあるのではなく、この二つは限りなく混ざり合いながら、危うくバランスを取り合って健康を保っていることに、もっと心を傾けたい。

癌病棟で、リハビリ病棟で、朗らかで優しく、いつも相手の身になって聞き、サバサバと苦しみを語り合える人たちと出会ってきた。病人が皆、暗いと決めつけるのは、如何にも短絡的すぎる。

たとえ病苦が必ずしもその人の心を深く耕すことがなかったとしても、耐えて笑って、一日一日を精一杯生きていたとしたら、病む者から学びこそすれ、どうして諫《いさ》めることなどできよう。

もし病気という滑り止めがなかったなら、私たちの晩年はもっと幸せになれるだろうか。もちろん、なれると思う。人を成熟に導くのは、病気に限ったことではない。それでも生涯をおおよそ病苦知らずで過ごしたならば、多くの人は不本意な死を遂げるのではないかとふと思うことがある。

生きたように死んでゆく、という言葉には、今も受け入れ難いものがあるが、それが自己中心や果てしない願望（というより欲望）と無縁ではないと考える時、初めて納得できるものとなる。

二〇一八年は桜の季節に入院していたので、散り急ぐ桜吹雪の中を歩くことさえ叶わぬ夢に終わった。退院すると、昨年春から置かれたままの三冊の本が机の上にあってほっとする。それは、昨年三月に永眠された大岡信さんの『狩月記』（青土社）、『アメリカ草枕』（岩波書店）、『言葉という場所』（思潮社）で、眼鏡なしでずんずん読み込んだ娘と私の愛読書であった。

一区切りしたら読み返そうなど、何と不遜なことを考えていたのか。明日は今生の別れの日となるかも知れないのに。特に読みたかった『狩月記』をパッと開いた。偶然にしてはでき過ぎの〝死〟という大きな活字が、いきなり目に飛び込んできた。それには、小さな字でこんな一文が寄り添っていた。

……どんな好奇心の強い人間でも、自分の死に顔だけは見ることができない。

……

「目に見えないところ」の恐怖に代わる何というユーモア。私は大いに慰められ、そしてほんの少し理解した。病苦の意味は、自らの終わりを真に問う時、初めて与えられるものである、と。

赤ちゃん返りと幼な子に還る

命は希望であり、希望は命そのもの

幼な子は何よりいとおしい。男の子も女の子も、あどけない子もアッカンベーする子も、腕白も泣き虫も、皆抱きしめたいほどいとおしい。泣く子を黙らせ、笑顔に変えた私の目力もとみに衰えたけれど、いとおしさには変わりはない。

なぜこれほどに、と自分でも不思議である。思うにそれは、彼らには未来しかないからだ。思い出す過去は、これから作っていかなくてはならない。

その過去、即ち未来は、果たして平和だろうか。この国は、世界は、地球は、どんな姿で存続しているのだろう。彼らが恐らく負うであろう大きな痛みを想像すると、いとおしさはいっそうつのる。

それでも人は未来に希望を託す。命は希望であり、希望は命そのものだから。幼な子に還ることはできなくても、未来を一緒に食べて生きることはまだできる。いえ、本当に幼な子に還ることは、もうできないのではないか。

日本には古くから、〝赤ちゃん返り〟とか〝子ども返り〟という言葉があって、かなり日常的に使われていたと記憶している。

戦前の母たちが語る〝赤ちゃん返り〟には、どこか突き抜けた明るさがあり、遂に勲章を授かりましたと、ほっと喜び合うムードさえあった。無論、どんな時代にも想像を絶する家庭の悲劇はあり、子どもたちは、敏感に大人の交わす言葉から、それを嗅ぎ取っていた。

老人はお荷物という暗黙の本音が、社会全体を覆っている昨今、身体機能の衰えに認知能力の低下が忍び寄る高齢者にとって、かつての〝赤ちゃん返り〟という言葉は、どのように響くのだろう。

人生の最晩年でもう一度、揺りかごに帰ることが、天国に入るための準備であったとしても、また、たとえ赤ちゃん返りが、苦しみや悲しみを和らげる天の配剤であったとしても、更には最期まで自分の意思を伝えられるということが、同時に同じくらい深く、強く、痛みや悲しみを感じることに繋がっていったとしても、生きている限りは、語れる命であって欲しいと強く願う。

確かに私は、癌の時も脳梗塞の時も、寝返り一つできぬ病床にあって、〝赤ちゃん返り〟を実感した。五十五歳と八十二歳。極端な体力低下と麻痺による不自由感があった。

赤ちゃん返りにも微妙な違いはあったけれど、最高の赤ちゃんは、八十五歳で受けた血管再生手術の際、カテーテル治療中の数時間と、その後の八時間すべて人まかせの赤ちゃん返りである。そこで自立の意味が大きく変えられていった。

自己独りの責任において、何もかも成し遂げていく。失敗や絶望も背負い込んで、決してその理由を何ものにも転嫁しない。立派である。ただそれだけが自立ではなく、他者に信頼をもって自分を委ねることも自立に含まれている、と気づかされたのだ。これは目からウロコの経験であった。

他者に委ねることで初めて見えてくるものもある。よかれと思って頑張ってきたものが、実は家族や自分を縛りつけてはいなかったか。

望むと望まざるとに拘わらず、赤ちゃん返りをすることと、ある意思あるいは意図をもって幼な子に還ることとは、その束縛から解放されて得た新たな発見によって区別される。この選別の仕方は、望まずして赤ちゃん返りをした人に対し酷薄である。私が語れる命にこだわり続けてきた理由もここにあったが、Kさんという稀《け》有《う》な幼な子に出会って、このこだわりがほどけてきた。

Kさんとは同じ頃にパブテスマを受けたこともあって、教会ではいつも並んで椅子に掛け、ともに祈り、歌い、学んでいた。今から二十九年も前の話である。大学卒業と同時に銀行員となったKさんに負わされたのは、海軍主計中尉としての軍務であった。ソロモン沖や南太平洋の激戦地に赴き、最後は戦艦〝霧島〟の決死隊として参加される。しかしやがて、霧島も舵や機関に魚雷や砲弾を受け、船体が傾いていく。

その夜初めて、Kさんは闇の船室で、未だ信じたこともなかった神に祈られたと言う。そして奇跡的に助けられ、残る乗員とともに、霧島の最期を見届けた一人となった。

戦後、銀行員に復職したKさんは、戦禍に消えた戦友の犠牲の上に与えられた平和を祈らぬ日はなかった。そして、娘さんの薦めにより、自宅から歩いてすぐの、ＳＤＡ東京中央教会に通い始める。

そのＫさんが、七十代も後半の頃から、毎週しきりに、「段々と幼な子に還ってゆくようですなあ」と言われるようになった。次の週も同じことを言われたので、つい私が「今日は何歳ぐらいですか？」と尋ねると、「いやあ、まだ生意気盛りで」と、嬉しそうに応えられた。

こんなにも平和な会話と、Ｋさんの目前で、あられの降るごとく、敵の機銃攻撃を受けて散っていった戦友の記憶が、どうしてこうも共存できるのか、私の想像力は及ばなかった。

どこかで私は誤解していたのかも知れない。あの飄々とした物腰やユーモアは、生死の修羅場を潜り抜けてきた人であればこそ、たどり着けた命への畏怖と哀悼の現れではなかったのか。

Ｋさんは人間が目指すべくもっとも純粋な姿とは、イエスが殊のほか愛された幼な子と信じ、ひたすらそこに向かって歩まれたのだ。そして希望通りに、幼な子に還り、同時に赤ちゃん返りも果たして、八十八歳の晴朗な秋の日に、「波高き生涯を穏やかに閉じました」と後日、夫人から伝えられた。海戦の生の記憶をもっと聞いておきたかったと悔やまれる。

年齢を重ねた者と、年端もゆかぬ者がプラスし合える社会は、健全であると思う。そこでこそ、子どもは、死者と生者を結び、過去と未来を繋いでいける。

戦禍にも遭わず、八十六歳の今も多くの方々に支えられ生きている私自身の負い目として、幼くして、若くして絶たれた命の痛みを決して忘れてはならない。

消された未来

「焼き場に立つ少年」と題された写真

朝日新聞の二〇〇四年二月二十一日夕刊と、二〇〇五年九月二十日の朝刊を開くと、白黒の小さな写真の中から、その男の子は立ち現れてくる。日本中の目を釘付けにした幼な子というよりは、少年である。七歳前後であろうか。

一九四五年、原爆投下で焦土と化した敗戦後の長崎の街。「焼き場に立つ少年」と題された写真の前には、地を掘っただけの穴がある。

彼の背にたすきで結わえられている赤ん坊は、頭を後ろに垂れ、すでに息絶えている。少年は歯を食いしばり、裸足のまま、直立不動の姿勢で、背中の弟が荼毘《だび》に付される順番を待っている。

大きく見開いた少年の目は、何を見ているのだろう。煙の向こうの生も死も呑み込んだ闇。到底、表し得ない恐怖と悲痛。いいえ、その奥の、もっと奥にある人間の罪を見ているのだろうか。

私が今日まで辛い病や様々な困難に出遭いながらなお、生きているのは、ああこの幼い兄弟と向き合うためであり、あのような子どもが存在し、あのような時が刻まれていったという歴史の真実と向き合うためであったのだ。そう思わせる一枚の写真。

この写真を遺した米国の元従軍カメラマン、ジョー・オダネル氏は、後に「焼き場に立つ少年」との再会を果たしたいと度々来日される。しかし、消息を摑めぬまま、二〇〇七年八月、八十五歳で帰らぬ人となった。

父親の遺志を継いで、二〇〇八年八月に来日したオダネルさんのご子息は、NHKテレビの特別番組でこう語った。

「父は良心を捨て切れなかった。長崎のあの風景は、長い間、父の精神を苛《さいな》んだが、日本人に対して抱いていたhateは、やがてcompassionに変わっていった」

憎しみを共に悼み、平和への希求にまで高めていった一枚のこの写真こそが、「焼き場に立つ少年」であった。

二〇一七年八月九日は、東京でも三七度を超える炎暑で、原爆が投下された長崎の街をニュースは大きく取り上げ、私も「焼き場に立つ少年」の黄ばんだ切り抜きを広げて、瞑想した。

翌十日の木曜日は、気温が一気に九度も下がり、涼やかな風の中で、薄紫の木槿《むくげ》が揺れていた。その窓辺で朝刊を広げ、はっと息を呑んだ。前日の黄ばんだ切り抜きと同じ写真がそこにあった。更に私の目を捉えたのは、「遺志受けた妻著書出版」の十文字であった。

その記事を二回読み、版元である「いのちのことば社」に注文の電話を入れた。良い本を出版されたことへの感謝を述べ、それから思い切って尋ねた。

「オダネルさんがご存命なら、今九十五歳ですね。妻の坂井貴美子さんは五十六歳。この方は、二〇〇八年八月に来日され、ＮＨＫの特別番組に出演された、あのご子息のオダネルさんの夫人ではないんですか」

「少々お待ちください。編集部へ行って聞いてきます」

どうでもいいことを尋ねてしまったかしら、という思いが脳裏をよぎったが、すぐに打ち消した。

「お待たせしました。間違いなく、坂井さんは、長崎のあの写真を撮られたオダネルさんの妻です。年の差婚についても、本の中で触れられていますす」

『神様のファインダー』と題された本は、二日後に届いた。米国各地でオダネル夫妻が写真展を開催し、反戦反核を訴え続けてこられた勇気とその行動力は、強く心を揺さぶる。

当然、「焼き場に立つ少年」も掲載されていた。新聞写真より表情はずっと鮮明である。暗い眼差し、噛みしめた唇の形、突っ張るように揃えた右手の四本の指。

そして写真には、このような言葉が添えられていた。

……夕日のような炎が鎮まると、少年はくるりときびすを返し、沈黙のまま焼き場を去っていきました。……

その後、少年はいずこに消え去ったのだろう。この疑問は初めてあの写真を新聞で見て以来、ずっと私の中でくすぶり続けていた。一度ならず、大々的に全国版で取り上げられながら、一人として少年の消息を知る人が現れないのは、不思議であり、不気味でさえあった。しかしその日、即ち二〇一七年八月十日、少年が掲載されたと同じ朝日新聞の「戦争を語る」第二回として特集された「孤児たちの『遺言』」を読み終えた時、私の心は凍りついた。

浮浪児、餓死、盗み、狩り込み、一匹二匹、トラックの荷台、夜の山奥、放棄……。

戦後耳にしたおびただしい単語が、その中に炙り出されていた。もしやあの少年も、トラックに詰め込まれて……と、疑わないでいることがどうしてできたろう。新聞は「戦争孤児の会」の代表、金田茉莉さんが、三十年もかけて集めた証言、信じ難い修羅場を潜り抜け生き延びた人々の、証の一部を伝えていた。

想像を超えた現実があり、現実を超えた真実があった。戦中戦後を知る私も、自分の認識の甘さに恥じ入るしかなかった。

時代も場所も親も選べないまま、人はこの世に生を享ける。戦争孤児を、かつて一匹二匹と数えた国に、平安な未来はあるのだろうか。

〝思い出すとは、実存の断片をよみがえらせ消え失せた存在を救うことだ〟

（「そしてすべての川は海へ」上巻　朝日新聞社）

と記したアウシュビッツを体験したユダヤ系米国人作家、エリ・ヴィーゼルの言葉がよみがえる。幼な子たちはいつまで記憶の中に生き続けていけるのだろうか。

未来を奪われた子どもたちの悲痛と絶望に比べれば、八十六歳の不自由な右手足など、如何ほどのものでもない。瞑目。

八月のレクイエム

脳梗塞で倒れた教会に帰る

人生は、一年でも長く生きてみないと分からないことだらけ、という申し開きのような処世訓が、にわかに真実味を帯びて生身に迫ってきたのは、二〇一七年の立秋を過ぎた頃であったか。日本の八月は、終戦記念日とお盆が重なる。

特にこの年の教会で行われた追悼式は、たった一年長く生きただけで、時の力が、悲しみや悔恨を染み入るように労わってくれることを実感させてくれた。

自分を変えていかない限り、これから先も二〇一六年と同じことを繰り返すだろう。リハビリ中の路上転倒事件以来、確かに吹っ切れたものはあったが、何としても息が詰まりそうな袋小路から抜け出したかった。この強い願望を比較的スムーズに行動に移せたのが、脳梗塞で倒れた教会に帰ることであった。

きっかけとなった行事の一つに、毎年、八月に行われる追悼式がある。その上、二〇一七年は、六年ぶりに岡山から東京に戻ってきた娘夫婦も出席してくれた。

実はその前年も教会からご案内を頂き、夫と二人で出席するにはしたが、そのことを深く悔いるほどの事情もあって、音楽も何もかもほとんど思い出せない。

極度のストレスがもたらす記憶の空白とはこんなことなのか、と冷たいものが体の中を流れていったが、翌年は明らかに違った。これは私の心身の何らかの回復を示すものであったと思う。

その日、娘夫婦を交えて、四人は前から三列目に席をとり、会衆一同と共に、〝やすかれわがこころよ〟で始まる讃美歌二九八番を斉唱した。

ヘンデルの〝メサイヤ〟が追悼合唱曲に選ばれたのは二度目で、指揮者の及川律先生から、もう一度ご一緒に歌いましょう、とお誘いを受けたが、まったく自信がなかった。もし、壇上でまた倒れたら、というネガティブな想像が、本当は歌いたいという強い願望を抑えつけて、私の前向きな行動を支配していた。

この追悼式は二〇〇六年を皮切りに、第一回はモーツァルトの生誕二五〇年に因み、〝レクイエム〟を歌った。その後フォーレの〝レクイエム〟、J・S・バッハの〝葬送カンタータ〟と〝復活カンタータ〟、ブラームスの〝ドイツ・レクイエム〟と続いていったが、倒れる前年まで、天上の音楽に与ることができたのは、何という深い喜びであったろう。

及川先生に追悼式の企画を持ちかけたのは、二〇〇六年の立春の頃であったか。その場で「やりましょう今年から。八月の旧盆の前がいいですね」と快諾された。それからの約六か月、一介のアルトパート、その上最年長の私は、家事の間も仕事合間も、CDとテープを回しっ放しで、音取りと発音、早口練習に励んだが、本業の歯科医をこなしながらの総指揮者の労苦は測り知れない。当日は超満員の会衆で溢れ、ジンクス通り途中から騒雨に見舞われた。雷鳴のとどろく中で〝レクイエム〟を歌えた感動は忘れ難いものとなった。

けれど二〇一七年はこれでよかった。歌う側から聴く側にまわったことで、とりわけ白い布で覆われ、花々で飾られた遺影壇の先立っていった方々を見ながら聴くことで、母への長年のわだかまりさえも静かに溶け出し、蒸発していくようであった。

追悼式は、死者のための鎮魂の儀式というよりは、残された生者が、自らの生と向き合い、問い直す特別な時ではないだろうか。故人から受け継いだいつまでも心の中で生き続けているものに気づく格別な時の計らい。今回の病を通して、いっそうこの思いを強くした。初めてこのような追悼式に出席した娘は、何を思い出しているのかしら。一度ならず、横顔を窺ったが、分かろうはずもなかった。

生死さえ定かでない実の父親への激しい思慕は、母親である私がどんな事情で別れようと、それらはすべて娘の生の外側に属するものであって、実の父親の生存こそが、娘にとっては命の、生きていることの、証なのである。そう気づいた時点で、私はすでに親子の領域から締め出されていたのだった。

ただ人を赦すというこの一点において、娘の信仰は本物であり、それ故、私との確執からも解放されていたのではないか、と、少なくともそうであってほしいと願った。本当のことは分からない。

祈った、歌った、聴いた、偲んだ、悔いた、捨てた、気づいた、畏れた、和んだ……。追悼式は、コヘレトの言葉のようだ。今は順境の時か、逆境の時か。楽しめ、考えよ。追悼式がこれほど脳を刺激し、様々な時空に私を連れ出そうとは。封印していたものが一気に溢れ出した感があった。やがて〝ハレルヤ〟が始まり、参加者全員が起立して、共に歌った。間違いなく喜びの節目を実感したこの日、目指す二十階での食事が待ち切れず、五時に教会を後にした。

杖で人込みをかき分けるようにしてJR原宿駅まで歩きながら、何か一つ、どうしても思い出せないものが喉《のど》元に引っかかっているような気がしてならなかった。

この数時間内に脳裏を掠《かす》めた言葉と関連がありそうで出てこない。そういう時は、「まっいいか」と諦めたり、投げやらないで、執拗に思い出そうと努める。

どこかに取っ掛かりはあるはず。目線を変え、音楽を聴き、詩を朗読する……とは、当時九十八歳の現役医師、日野原重明先生と対談した折、ご教示頂いたヒントであった。

あの日もやはり、八月の暑い盛りであった。淀みなく流れ出てくる聖句や詩に圧倒されたが、驚異的な記憶力の陰には、こうした地道なご努力もあったのだろうか。

原宿のプラットホームのベンチに腰を掛け、四人は暗黙の了解のうち三台の山手線をやり過ごした。目前に高く繁茂する外苑の木立を抜ける風は、心地よく、赤味を帯びてきた夕日が光を降りこぼしている。

人の一生は、辛いことと苦しいことの方が、喜びより遥かに多いと、遺影を眺めながらつくづく思った。だからこそ喜びは、時間と共にいっそう光を帯びて消えることはない。苦節十年と言われるように、記憶にはっきり刻印されているのは、竹で言えば節目に当たる部分で、決して中空と呼ばれる節と節の間ではない。

しかし、どんな強風にも折れそうで折れない竹の秘密は、この空っぽのような中空があるからで、これは自然からの象徴的なメッセージであると気づいた。更に、何も思い出せないほど、類似した平凡な毎日は、人生の中空ではないだろうか。こういう日々があって初めて、苦節の日々は支えられ、危ういまでに撓《しな》いながらも、挫折を乗り越え継続していける。挫折や痛みは、喜びに変わり得る。そこに希望を持ち続けたい。

その上、中空はただ空っぽの空間ではない。成長や収穫や治癒や調和を保つための、それを待ち続けるための、時間の溜まり場のようにも見える。平凡を平凡として、毎日を大切に生きる以上の非凡があるだろうか。こうした日々が遥かな記憶をも掘り起こすことに繋がるに違いない。二十階のレストランについた頃には、夕ワーの灯りは、遠く近く点滅を始めていた。夜景の美しさも佳膳の一品に加えて、四人で乾杯した。

深い喜びは、どこかで深い悲しみと通底している。クリスチャンでもなかった母が、最後の親孝行をして、と娘の私に願ったのは、教会で花いっぱい、音楽いっぱいの朗らかな別れ、葬送であった。一九九九年晩秋、希望通りの音楽に送られ、母の望みは叶えられたけれど、お式のさ中〝レクイエム〟のラ・クリモッサを聴きながら、最愛の母を失ったモーツァルトが、父親に送った手紙の一節を思い出さずにはおられなかった。

……死は……心を安らかにし、慰めてくれるものとなったのです。神様は私に機会を与えて、死が私たちの幸福にいたる鍵であることを知る幸いをお恵み下さいました。……　（カール・バルト『モーツァルト』小塩節訳　新教出版社）

愛は言うまでもなく、痛みさえ喜びと同様、命からの根源的な贈り物であると、八月の追悼のその日、三つの贈り物の手応えをしみじみ感じ取ることができた。右足指を襲う激しい痛みも、外からは計り知れぬ心の痛みも、生命のある限り続く。あまりにも辛く苦しいその時、私は自分に向かってこう祈るだろう。「愛と痛みと喜びの三つのうち、どれ一つも欠けてはいない命からの贈り物をください」と。

その春に何が

始まりはのどの異変

あの日、私は何を吸い込んだの。北風に乗って、環状七号線から流れ込む排気ガス。ビル風で舞い上がり、散り積もったショッキングピンク色の花びらと土埃。脂肪と糖質と食い気が、渾然一体となったカフェの人いきれ。それとも私の右足五本指の崩れるように疼く凋落の臭い……。

十五日はその年の三月には珍しく、気温が二十三度まで上がり、暖かさに思い立ってやってきた娘のリュックサックは、私の好物で膨らんでいた。先週会ったばかりなのに、話題は尽きない。小さな街中をリハビリを兼ねて散策し、寒くなりそうだからと四時を回る頃にはもう帰っていった。

のどの異変に気づいたのは、夕飯の時である。手土産の黒光りするゴマ豆腐がいつものようにつるりとのどを通らない。塞がれているようでのどが腫れ上がっているに違いない。あいにくその日は木曜日で、耳鼻咽喉科も内科のホームドクターも休診である。

のどは痛くなる一方で念入りにうがいをし、蒸気を当て、痛み止めを飲み、九時前には就寝した。ぐっすり眠れば、多分快方に向かうだろう。もう若い時のように、激しい咳をするエネルギーもない。ただ深く病原菌は内攻する。

翌朝になると、唾も飲み込めないほど、のどは腫れて痛く、声はしわがれ、長いセンテンスはしゃべれない。熱は三十七度、血圧が一三九と六六、心拍数は九四で平常より高かった。

夫が作ってくれたおかゆと半熟卵、リンゴのすり下ろしを何とか胃の腑に収める。少しでも体調が優れないと、なぜか和食に返る。

二十数年もかかりつけの耳鼻科医は、丹念にのどの奥を調べ、抗生物質を処方してこう言われた。

「三日後の火曜日になってもよくならなければ、薬を倍増にしましょう。体重は三十九キロ？　少ないなあ」

この時から抗生物質は伏線となる。結局、少しもよくならず、一粒の丸薬、一匙のおかゆものどを通らず、声も出なくなってしまった。その頃になって、私は娘も同じような風邪にやられていないか、不安にかられた。

以心伝心、二十日朝、娘から電話が入った。ふいごのような声で容体を伝える。往診は無理。救急車は苦い経験があるので、このくらいでは呼ばない。みぞれ模様の外には出ない。果報は寝て待つ。水分だけはしっかり取っているので心配しないで、と以上は娘の質問に対するふいごの答えである。

二十一日、小雪が舞う。旗日休診。二十二日、木曜休診。

これが二十三日から始まる奇跡のプログラムの前哨戦であった。ＯＳ１経口保水液以外、飲まず食わずの三日間さえ、なくてはならぬファクターとなった。風邪ごときで、と決して軽く考えていたわけではない。しかしその朝、目覚めてカーテン越しに明るい光を見た時、不意にわけもなく、涙がこぼれた。

歩いて行く、背負って行く、とひともめあって、結局歩いて五分の三代目ホームドクターにたどり着いたのは、九時少し前。ドクターの即断は正しかった。異常な炎症反応にドクターはすぐに最寄りの東京警察病院と連絡をとり、私の一旦、家に帰りたいの願いも退け、救急車を呼んだ。もしも、点滴を終え、他の抗生剤で試してみましょう、と自宅に帰されていたら、今も、このように生きていたかどうか。

それから二時間後、私は東京警察病院緊急治療室のベッドにいた。

その日の午後、耳鼻咽喉科の医師により、ＣＴに映し出された膿の個所を切開し、溜まった膿を絞り出す処置がなされる。麻酔はしない。痛そうだと思った途端、六歳で扁桃腺の手術をした時の激烈な痛苦がよみがえる。

案の定、それは脳天から斧《おの》で割り刻まれていくような、皮膚が焼き裂かれるような痛みである。一人が後ろから、首より上が動かないように、両方の耳あたりを強く押さえる。

もう一人は舌にガーゼのようなものを巻いて、ぐっと下に引っ張る。決して手を動かさないで下さいと言われても、息が詰まりそうになり、私の両手はつい動いてしまう。

二時間あまりで、のどの膿出しは終わった。もう少し、処置が遅れたら、膿は胸の方に流れていったかもしれず、そうなると死に至ることもある。

激痛を差し引いても、運が良かったことは否めない。にっくき相手は、どこにでもいる常在菌。免疫力が落ちた仲間がいると嗅ぎつけるや、すぐにへばりついて離れない。

切り傷の回復は順調であったが、飲み込む練習は想像以上に難しく、メンタルなものにも左右された。むせながら残る二十五本の歯で、半流動食になるまで噛み砕いていると、自然喉元を通過できるようになり、そのコツを飲み込んでからは、食事を苦痛と感じることは少なくなった。一週間もたつと退院の話も出てきた。

しかし、その頃、私をひどく悩ませていたのは、両足のむくみと、四半世紀以上、いわば見捨てられていた右足五本の指の痛みだった。病歴はしばしば職歴と重なる。

レイノー病が発症したのは、赤坂にある広告会社制作部在職中の時で、ストレスと不規則な生活習慣がこの病の悪化に拍車をかけた。当時、自宅から五分の二代目ホームドクターは、紹介状を書くのでこの病院に行き、一日も早くＣＡＶＩの検査をするよう強く薦められた。

あの時からおよそ倍の年月を生きてみて、忙殺にかまけ、若さを自認し、その申し出をお断りした不遜さを悔やむ。この不遜と無知が足指受難の晩年を招いたのだ。七十代も半ばになって、医師の従弟の協力で二つの病院を訪れたが、いかにも遅すぎた。二〇一五年六月、脳梗塞で倒れ、右手足麻痺となったことも、血行障害悪化と無関係ではなかった。

入院から数日後、私は朝起きて自分の右足指五本と、付け根から甲にかけての皮膚が赤紫に変色し、ピクピク痙縮《けいしゅく》しているのに気づいた。触ると冷たい。痛みからの緊張と、身体全体を動かしていないせいで、血行が悪くなっているに違いない。それに三日も歩かないでいると、てきめんに筋力が衰えることも経験済みであった。主治医の許可を得て、昼間の少しでも空いている時間に、廊下を歩くことにした。しかしどうにも右足の指先が痛くて、歩行練習にならない。

のどの痛みも完全に消えたわけではなく、痛みに対して、体中が過敏になっている。この件を含め、再び主治医に、入院中に皮膚科を受診したい希望を伝えたが、一旦帰宅し、外来として来院してはどうかというご返事である。

入院生活が長引くと、衰えなくてもよい器官までも衰えてくるのは、周知の事実である。病院と家庭では、心の巡らせ方も、頭と体の働かせ方もまるで違う。帰るべきか、留まるべきか。結局、退院は四月七日と決まった。痛いというだけで、これ以上のごり押しは難しい。

ところが四月二日、朝の点滴（入院以来、毎日受けていた）が始まって間もなく、両腕の内側がかゆくなり、見ると汗ものようなプツプツができている。その日の午後には、顔と手首足首先を除き、発疹は体中に広がった。そのかゆさと言ったら、ヨブもかくや。痛みと互角の我慢比べである。

主治医はすぐに皮膚科医と連絡をとり、発疹の原因と治療を依頼し、私は期せずして皮膚科を受診することになった。抗生物質の点滴をはずし、関連する飲み薬を止め、患部には塗り薬を塗布することで、ひとまず薬疹は治まった。花粉症も食物アレルギーもない私にとっては、抗生剤の過激な薬反応であった。以後、クリンダマイシンリン酸エステルは、薬手帳にも朱色でマークされ、どこに出かける時も、この薬手帳を持参することになった。

この時点で、四月七日の退院は決行される予定であった。夫と娘がスーツケースに持ち物を収め、持ち帰る薬の説明を受けてそれが終わり次第、病院を出る手はずは整っていた。しかし薬疹の原因を特定した皮膚科医は、私の右足指に特別の注意を払われていた。

通常、赤味を帯びて腫れた患部は、熱をもっている。しかし私の場合、痛みと変色を伴いながら、人肌とは思えぬ冷たさ。皮膚科医は、これは循環器科に属する問題ではないかということで、退院予定前日の六日、私は循環器科に呼ばれ、足血管に関わる複雑な検査を受けた。

検査結果の説明を医師から聞いて愕然とする。なんと七日土曜の午後、血管再生手術を行なう旨、伝えられた。手術を先に延ばす猶予《ゆうよ》はなく、七日は右足指の壊死を食い止めるギリギリのラインであると知る。

私は言葉もなく、この切迫した事態を受け止め、手術を承諾するしかなかった。同意書にサインした家族は、退院用にまとめた荷物を六階から七階に運んだ。

手術といっても、メスで切り裂くような大げさなものではなく、ここではカテーテルを使って行う血管内治療である。

昭和最後の年の四月、私は、癌ができた右腎摘出手術に先立ち、右腿付け根からカテーテルを入れ、人工的に壊死を起こさせる処置を経験している。今回の血管再生手術も、同じ右腿付け根からカテーテルを入れる。今回は壊死させるためではなく、壊死を免れるための、新たに血を巡らすための治療である。

カテーテルは針金のように細いと聞いている。果たして消え入りそうな指先血管まで、入っていけるのだろうか。成功すると信じて、医療の進歩に委ねるだけであった。

四半世紀の悲願が、のどから始まり、足指に繋がって、明日の手術で叶えられると思うと、その夜はなかなか寝付けなかった。

もし、のど風邪にかからなければ、痛い目に遭わなかったとしても、指は壊死を起こしていただろう。もし薬疹が出なければ、早く退院することはできたが、すべては手遅れとなったはず。もし皮膚科医が薬疹の原因究明だけで済ませていたら、循環器科とは繋がらなかった。

この絶妙なタイミングと、熱心な医師たちの緻密な連携を、ただ幸運が重なった偶然、万事塞翁が馬的に意味づけることには抵抗があった。そうではなくあの三月の中日、何ものかが私めがけて手を下されたという不思議な感応、直感にも似たその感応の方が、より真実に近いものとして私の脳裏に刻み込まれていたのだ。

血管内治療は七日午後二時少し前から始まり、五時四十分には終わった。局部麻酔のみで行なわれたから、医師たちの交わす言葉も、聞き慣れない奇妙な音も、全部耳に入ってくる。

一方、私はのども口腔内もカラカラで、「はい」と応えるのが、精一杯だった。祈りはこんな時のためにある、と癌病棟で覚えた〝Repair me now〟「修繕」という途方もないリアリティを伴った日用語を、神に向かって懇願し連発する。

〝Repair me now〟

〝あなたが私を創られた。あなたの作が滅んでよいのか。早く私を修繕して下さい〟（対訳ジョン・ダン詩集〈岩波文庫〉湯浅信之編「神に捧げる瞑想」）より。

同じ姿勢を保つ苦痛は三十年前と変わらなかったが、五本の指全部に血が巡り始めた、と医師から告げられた時は、涙が静かに頬を伝うのが分かった。部屋に戻ると、夫と娘と、今年二年目の研修医となった孫娘までが来ていて、良かった良かったと手をさすってくれる。

家族はカテーテル治療の経過と今後を、映像を見ながら説明を受けたらしい。一回では終わらないことも既に知っていたが、私はまだ知らなかった。翌朝、不動の姿勢から解放された時、真っ先に手を伸ばし触れたのは、右足の指であった。

麻痺の残る右手にも、指の温もりは伝わってきたし、左手で触れる温かさは、更に現実のものとして確認できた。

一本一本、指を押してみても痛みはなく、何だか魔法にかけられたような変わりようであったが、これが健康で当たり前の常態かと思うと、人体の末端というだけで、苦しみを押し付けてきた自分の身勝手さを五本の指に詫びたのである。

四月十三日、午後三時半に退院。ここで終われば、すべてはめでたしめでたしである。そうはいかないところに、老いの哀しみと可笑しさがあった。同時にそのことは、人体のより不思議な仕組みを、自分の体を教材にして、知的、情的の両面で、学び得た貴重な体験ともなった。

例えば、CD腸炎と両足の異常なむくみ。前者は昼夜を問わず、二時間もたずの下痢で、あっという間に体重は三十四キロにまで落ちた。おそらくは抗生物質の副作用として、腸内細菌の善玉、悪玉のバランスが崩れたからではないか、と孫娘は言う。外来で、バンコマイシンという、別種の抗生剤が処方され、服用後五日目から好転、一件落着した。

目には目を、薬には薬をという時代に私たちは生きている。体重は四ヶ月でやっと一キロを取り戻せたに過ぎないが、太るとか、痩せるとかの薬までは、絶対飲みたくない。

むくみについては、最初くるぶし辺りで止まっていたむくみが、じわじわと水位を上げ、膝を超えた時は、さすがに少し慌てた。腎臓が相当弱っているのだろうか。練馬大根に肉マン二個をヒザに張り付けたようである。マッサージと利尿剤が効き始め、水位が下がってきたのに、なぜか、途中で止まってしまった。ふくらはぎの下部分は、瑞々しい朝掘りの大根。上半分は沢庵漬け用しぼしぼの天日干し大根そっくりである。何とも不思議なボディアートかとただ見とれる。

外来の折、主治医にも見せて、しぼしぼとはりはりの境目はどうなっているのか、お尋ねしたが分からないと笑われる。患者も一緒に笑うしかなかった。

九十パーセントまでむくみが引き、腸内事情も良好になった六月九日、二回目のカテーテル治療が行われた。これからは、傷んだ血管の再生可能キャパシティーと、私の寿命との根比べ、時間比べとなる。どれほど医療が進歩し、痛みの軽減に貢献できたとしても、この世から痛みが完全に消えることはあり得ないと思う。

記憶の痛み、時代の痛み、魂の痛み、原因不明の痛み……。そう言えば六月二十日、午後八時半頃から突然、原因不明の痛みが左腱を襲った。身の置きどころのない暴力的な痛みである。三年に一度くらい忘れた頃にやってきて、大抵は一、二時間で徐々に治まっていくのに、この時は激しい嘔吐を伴って、午前三時頃まで続いた。痛み止めの薬を飲んでも、吐いてしまうので効き目がない。

二十一日は終日眠り続け、二十二日は特別外来。検査の結果はいつもと変わらず、特別な異常は何一つ見つからない。同伴した娘は、あの騒ぎは〝死ぬ死ぬ詐欺〟ではなかったの、とまで言う。とんでもない。あの夜は、私も死ぬのではないか、と覚悟を決めたほどだ。しかしこの原因不明のネガティブ・クライの中に、医療に限らず開発や改善のヒントも隠されているのかもしれない。

この夏、ふと思い当たることがあり、ファイルを開いた。ありました。「細菌との共生　健康を保つ仲間として」（朝日新聞科学季評　二〇一七年八月十九日）と題し、山極寿一さんが警鐘を鳴らしている。改めて、CD腸炎の原因も、その記事から理解できたし、家族を振り回した真夜中の激痛もおぼろに把握できた。そして長い間私が探していた文字〝産道〟にも再会した。

……胎児は産道を通るときに細菌のシャワーを浴び、細菌との共生体としての道を歩み始める……

ずっと私の中で割り切れぬまま、居座っていた問題の答えは、これではなかったの。姉は初子ながら二七〇〇グラム、驚くほど安産でこの世に生を享け、妹も二八〇〇グラム、帝王切開で誕生した。二人ともすらりと健やかに成長し、スポーツ万能を謳歌したが、両親の存命中に姉は三十五歳、妹は五十七歳で生涯を閉じた。

私だけが過重体で母を難産に追いやり、長時間産道で苦闘した。言い換えれば、細菌のシャワーをたっぷり受け、共生体として生きる能力を高められたのだ。そうでなければ、どうして病苦と闘いながらも、ここまで生きられたであろう。

仲の良かった三姉妹。姉も妹も、もっと生きたかったはずだ。あの二人の痛みも今、私が背負っていると思えば、この非科学的な納得の仕方は、深い癒しと耐える力を運んでくれる。

産道で始まったこの本は、産道をもって閉じることができた。記憶は記録することで記憶となる。放っておけば、記憶そのものが持つ重みで垂れ下がり、姿を変えてしまうか、もし軽ければ飛び去って消えてゆく。私たちの前に横たわる無関心と忘却。

だからこそ女性たちよ、痛むことを恐れてはならない。記録することをどうか忘れないでほしい。

あとがきに寄せて

あとがきは、記憶の落ち穂拾いである。書きそびれたこと、思いあぐねたこと、勇みすぎたこと、悔恨とも安堵ともつかぬ一粒一粒を、身を屈め拾えるだけ拾い集めても、それで日常が変わるわけでも潤うわけでもない。あとがきは、特に書かなくてもよいし、通り一遍ですませることもできる。それでも落ち穂拾いは続く。何とも往生際が悪い。

旧約聖書に登場するやもめで異邦人のルツは、見知らぬ土地で落ち穂拾いをして糊口をしのぐ。そこで運命の人、ポアズと出会い、イエスの系図にまで二人の名は列ねられる。ルツの落ち穂拾いは神の差し金である。この僥倖の物語をたとえ二十一世紀の日本人が信じなかったとしても、社会が想定する弱者のイメージは、二千年前も今もほとんど変わっていないのではないか。即ち、異邦人、貧困、孤児、寡婦、病む者、寄る辺なき者、障碍を背負う者、自由を奪われた者……、落ち穂拾いをしながら、今更ながら自分が歴とした弱者であることを理解する。

二〇一八年は、身心共かつてない痛みに翻弄された一年であった。痛みは心まで萎《な》えさせる。脳梗塞で倒れて以来、左手で何とか三年かかって書きためたものがようやく本になるというのに、心は鬱々として楽しまず、何をする気も起きてこなかった。そんな日を重ねた平成最後の師走四日、私は夕刊を開くや、あっと声をあげた。目にとびこんできたのは、カラー写真の笑顔、大中恩《めぐみ》さんである。その夜テレビのニュースも、代表作「サッちゃん」の歌を流しながら、この愛された作曲家の九十四年のご生涯を悼んでいた。

赤坂東急ホテルのティールームで作曲家大中恩さんを取材したのは、二十一世紀に入って最初の春の午後。早くからボーイソプラノとして聖歌隊で歌い、ゆくゆくは牧師になることを夢見ていたメグ少年が、なぜ音楽の道に進路変更をしたのかに始まり、数々の童謡が生まれるまでのエピソード、その歌を託す子供たちへの期待と懸念……話題は尽きなかった。

　至福の二時間は瞬く間にすぎ、私は少し照れながら小さな色紙を差し出して、幸子という自分の名をこんなにうれしく感じたことは初めてですと礼を述べた。その色紙に、大中さんはさっと右上がりの五本の線を引き、𝄞と♭2/4、サッちゃんはねサチコ、までの音符と歌詞を書かれ、２００1年4月11日、作曲者大中恩とサインしてくださった。（注：歌詞は詩人の阪田寛夫さん作）

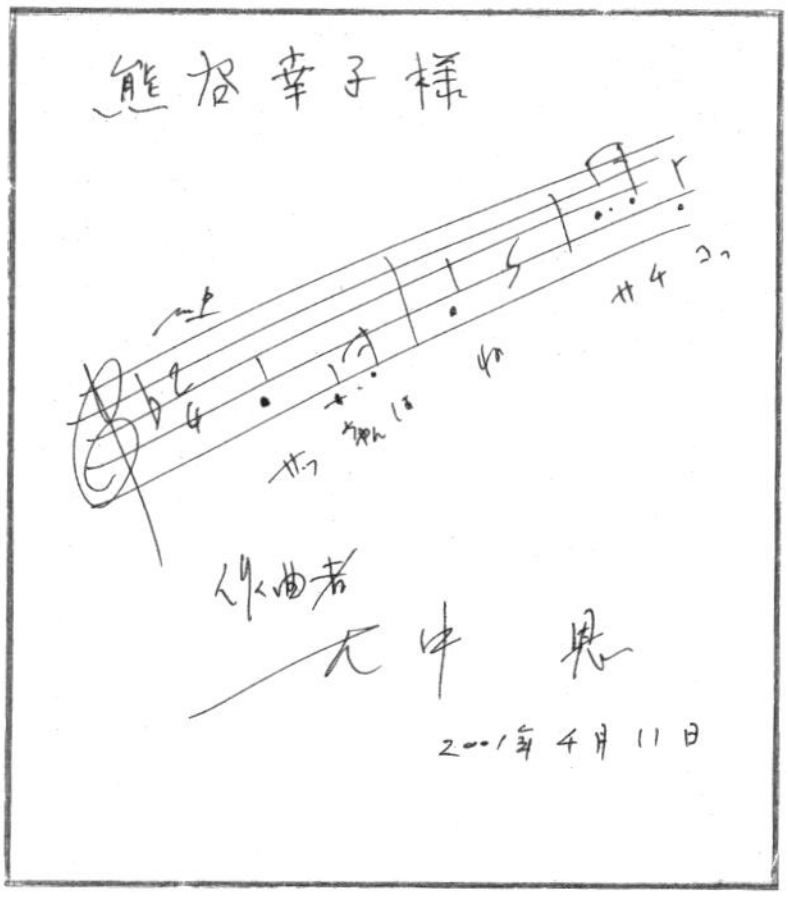

と、ここまで回想した時、私は思わず立ち上がり、本棚の奥からかの色紙をとりだして卓上のシクラメンの鉢に立てかけた。そして特に好きだった三節の歌詞、

　サッちゃんがね　とおくへいっちゃうって　ほんとかな

の遠くへ行っちゃうとは、ああこのことだったのか、そうに違いないと納得した。

もう会えない彼方への旅立ち。永遠の別れ。
思えばこの夜から、私は無意識のうちにウツの状態から抜け出せていたのだ。「歌は人生への恩返し」と語られた大中さん。まだ歌える日が、残された私の人生にも待っていることを、一粒の希望の種として押し戴きながら。

落ち穂拾いは、これが最後になるかもしれないけれど、大体そういうことを言う人に限ってしぶとく生き長らえている例はいくらもある。私もその一人かもしれない。確かにあとがきの冒頭で、どんなに落ち穂を拾い集めても、それで日常が変わるわけでも潤うわけでもないと記したが、早々と訂正しなければならない。見事私は音楽の力をかりて、元気も希望も突然取り戻したのだ。そこに人体の不思議とミラクルがある。
Life is miracle。ミラクルと言えば、お会いした時も、スイスからのお手紙の中にも、繰り返し目にし耳にしたこの言葉は、世界的なマエストロ、ヘルベルト・ブロムシュテットさん（N響桂冠名誉指揮者、九十一歳）からの激励のお言葉である。

来日公演の度、深い感動や歓びが体と心、魂にまで働きかけてくる体験をさせて頂いた。それでも自分が弱い者であることに変わりはない。

実に多くの方々のお支えがあって、私の今がある。脳梗塞で倒れ、即搬送されたJR東京総合病院脳神経内科の主治医ドクターHとリハビリ科のドクターT。親身になってお世話くださったナースの皆さん。理学・作業療法士の皆さん。それから三年を経た昨年、やはり救急車で搬送された東京警察病院耳鼻咽喉科、皮膚科、循環器科の主治医の先生方。ホームドクター。教会の祈りと奉仕をもって支えてくださった信徒の皆さん。宝物となった子供たちの寄せ書き、藤田牧師のおいしそうな絵手紙。旧き友、姪たち、家族。

この本は健康長寿のへの指南書でもなければ、ましてや闘病記、家族介護のハウツーものでもない。人生そのものを綴ったエッセーであり、ふり返る八十六年の生涯が様々な痛みに彩られ、この得がたい巡り合わせこそを記録しておくことが、私の最晩年のミッションではないか、と考えたことが上梓する動機の発端にあった。

そもそも痛みとは何か。ここまで書き終えて、それは神のシンパシィーではないのか、と気づいた。

こんなどのジャンルにも入りにくいしかも、左手書きの読みにくい原稿を本にしてくださった青娥書房の社長であり編集長の関根文範氏には、一方ならぬお世話になった。改めて、心から深く御礼申し上げたい。有難うございました。

平成三十一年二月春立つ日　**熊谷幸子**

熊谷幸子（くまがいさちこ）
1932年生まれ。岐阜県出身。東京女子大学卒業。
ラジオ番組、ＴＶ番組の企画･制作を経て、広告会社 協同宣伝に入社。コピーディレクター、ライターとして、主に銀行・食品を手がける。55歳、ステージⅢの腎臓ガンが見つかる。生還。82歳、脳梗塞で倒れ右手足の自由を失う。現在、エッセイスト、子どものお話し大好きバーバとしても発信。
著書『いのちの限りを』（海竜社）『ガン告知を生きる』（共著）（日本基督教団出版局）『手紙の向こう岸』（佼正出版社）『辻正行さんのコーラスこそわが人生』（清流出版）『夫婦は旅である』（福音社）他。

ボディ・メモワール
―痛みを通して伝わった不思議な命の共振―

2019年4月13日　第1刷発行

著　　者　**熊谷幸子**
発 行 者　**関根文範**
発 行 所　**青娥書房**
　　　　　東京都千代田区神田神保町2-10-27　〒101-0051
　　　　　電話 03-3264-2023　ＦＡＸ 03-3264-2024
印刷製本　**モリモト印刷**

ISBN978-4-7906-0365-8　C0095
＊定価はカバーに表示してあります